A CIRANDA
DAS
MULHERES SÁBIAS

Clarissa Pinkola Estés

A CIRANDA DAS MULHERES SÁBIAS

SER JOVEM ENQUANTO VELHA,
VELHA ENQUANTO JOVEM

Tradução
WALDÉA BARCELLOS

Rocco

Título original
THE DANCING GRANDMOTHERS
To Be Young While Old, Old While Young

Copyright © 2007 by Clarissa Pinkola Estés

Ilustração de capa: Sally A. Marinin

Todos os direitos reservados, nenhuma parte desta obra pode ser reproduzida ou transmitida por meio eletrônico, interpretação teatral, musical, filmes ou qualquer outro direito derivado. Para liberação dos direitos de uso de citações ou excertos extraídos desta obra, contatar previamente a editora a fim de obter, por escrito, a autorização necessária.

Direitos para a língua portuguesa reservados
com exclusividade para o Brasil à
EDITORA ROCCO LTDA.
Rua Evaristo da Veiga, 65 – 11º andar
Passeio Corporate – Torre 1
20031-040 – Rio de Janeiro, RJ
Tel.: (21) 3525-2000 – Fax: (21) 3525-2001
rocco@rocco.com.br \www.rocco.com.br

Printed in Brazil/Impresso no Brasil

CIP-BRASIL. CATALOGAÇÃO NA PUBLICAÇÃO
SINDICATO NACIONAL DOS EDITORES DE LIVROS, RJ

E65c

Estés, Clarissa Pinkola
  A ciranda das mulheres sábias : ser jovem enquanto velha, velha enquanto jovem / Clarissa Pinkola Estés ; tradução Waldéa Barcellos. - 1. ed. - Rio de Janeiro : Rocco, 2023.

  "Edição capa dura"
  Tradução de: The dancing grandmothers: to be young while old, old while young
  ISBN 978-65-5532-359-7

  1. Mulheres idosas. 2. Sabedoria. I. Barcellos, Waldéa. II. Título.

23-84305
CDD: 305.262
CDU: 305-055.2-053.9

Gabriela Faray Ferreira Lopes - Bibliotecária - CRB-7/6643

O texto deste livro obedece às normas do novo
Acordo Ortográfico da Língua Portuguesa

Para mi La signora, Carla Tanzi

"Nessun dorma!
nessun dorma!
Tu pure, o Principessa...
Guardi le stelle
Che tremano d'amore
E di speranza..."

— PUCCINI, Turandot

O amor será o remédio mais vital.
Você será seu milagre.

— CPE

A PEQUENA CASA NA FLORESTA

Ah, minha Criatura admirável...
Seja bem-vinda...
Entre, entre...
Estou esperando por você... é, por você e pelo seu espírito! Fico feliz por você ter conseguido encontrar o caminho...
... Venha, sente-se comigo um pouco. Pronto, vamos fazer uma pausa, deixando de lado todos os nossos "inúmeros afazeres". Haverá tempo suficiente para todos eles mais tarde. Em um dia distante, quando chegarmos às portas do paraíso, posso lhe garantir que ninguém vai nos perguntar se limpamos bem as rachaduras na calçada. O que é mais provável é que no portal do paraíso queiram saber com que intensidade escolhemos

viver; não por quantas "ninharias de grande importância" nos deixamos dominar.

Por isso vamos, por enquanto, permitir apenas que o pensamento tranquilo nos abençoe por um tempo antes que voltemos a falar sobre o velho realejo do mundo... Venha, experimente essa poltrona. Acho que é perfeita para o seu corpo querido. Pronto. Agora, respire bem fundo... deixe os ombros caírem até o ponto que lhes seja natural. Não é bom poder respirar esse ar puro? Respire fundo mais uma vez. Vamos... Eu espero... Viu? Está mais calma, mais presente agora.

Preparei a lareira perfeita para nós. O fogo vai durar a noite inteira – suficiente para todas as nossas "histórias dentro de histórias". Um momentinho só, enquanto termino de lavar a mesa com menta fresca. Pronto, vamos usar a louça bonita. Vamos beber o que estávamos reservando para "uma ocasião especial". Sem dúvida, "uma ocasião especial" é qualquer ocasião à qual a alma esteja presente. Você já percebeu? "Reservar" para outra hora é o jeito que o ego tem de dizer, rabugento, que não acredita que a alma mereça prazer no dia a dia. Mas ela merece, de verdade. A alma sem dúvida merece.

Por isso vamos nos sentar um pouco, *comadre*,[1] só nós duas... e o espírito que se forma sempre

A CIRANDA DAS MULHERES SÁBIAS

que duas almas ou mais se reúnem com apreço mútuo, sempre que duas mulheres ou mais falam de "assuntos que importam de verdade".

Aqui, neste refúgio afastado, permite-se... e espera-se que a alma diga o que pensa. Aqui sua alma estará em boa companhia. Posso garantir-lhe que, ao contrário de muitas no mundo lá fora, aqui sua alma está em segurança. Fique tranquila, *comadre,* sua alma está a salvo.

Talvez você tenha vindo à minha porta por estar interessada em viver de um modo que a abençoe com a perspectiva de, como eu digo, "ser jovem enquanto velha e velha enquanto jovem" – o que significa estar plena de um belo conjunto de paradoxos mantidos em perfeito equilíbrio. Está lembrada? A palavra *paradoxo* significa uma ideia contrária à opinião de aceitação geral. É o que acontece com a *grand mère,* a maior das mulheres, a *grande madre...* porque ela é uma sábia em preparação, que mantém unidas as *grandes* e totalmente úteis capacidades aparentemente ilógicas da psique profunda.

Os atributos paradoxais do que é *grande* são principalmente ser sábia e ao mesmo tempo estar sempre à procura de novos conhecimentos; ser cheia de espontaneidade *e* confiável; ser loucamente criativa *e* obstinada; ser ousada *e* precavida; abrigar o tradicional *e* ser verdadeiramente original. Espero que você entenda que todos esses atributos se aplicam a você de modo geral e em detalhes, como algo em potencial, meio realizado ou já perfeitamente formado.

Se você sente interesse por essas contradições divinas, sente interesse pelo arquétipo misterioso e irresistível da mulher sábia, do qual a avó é uma representação simbólica. O arquétipo da mulher sábia pertence a mulheres de todas as idades e se manifesta sob formas e aspectos singulares na vida de cada mulher.

Falar da imagem profunda da grande avó como um dos principais aspectos do arquétipo da mulher sábia não é falar de alguma idade cronológica ou de algum estágio na vida das mulheres. A *grande* perspicácia, a *grande* capacidade de premonição, a *grande* paz, expansividade, sensualidade, a *grande* criatividade, argúcia e coragem para o aprendizado, ou seja, *ser sábia* não chega de repente perfeitamente formada e se amolda como uma capa sobre os ombros de uma mulher de determinada idade.

A CIRANDA DAS MULHERES SÁBIAS

A grande clareza e percepção, o *grande* amor que tem magnitude, o *grande* autoconhecimento que tem profundidade e amplitude, a expansão da aplicação refinada da sabedoria... tudo isso é sempre uma "obra em andamento", não importa quantos anos de vida a mulher tenha acumulado. Os fundamentos do que é "*grande*", em oposição ao que é "apenas comum", são conquistados no início da vida, no meio ou mais tarde... muitas vezes mediante enormes fracassos, elevações do espírito, decisões equivocadas e recomeços impetuosos. O que se recolhe depois do desastre ou da sorte inesperada... é isso que é moldado e então praticado pela mulher e seu espírito, coração, mente, corpo e alma... até que ela se torne não apenas competente em seu modo de ser paradoxalmente sábio..., mas também, muitas vezes, perfeita em seus modos de viver, enxergar e ser.

Há muitos tipos de veneráveis grandes avós na mitologia e na realidade consensual. É verdade que ser literalmente avó de uma criancinha é como se apaixonar, e que o nascimento de crianças pode provocar uma sensação de total enlevo numa pessoa mais velha. Além disso, o orgulho e o esplendor de "ter sido mãe de uma mulher que se tornou mãe" transparecem e conferem uma grandeza toda especial. E existem muitas outras formas de ser ungida com a imagem de avó... que não se restringem à prole.

Há mulheres na vida real que são grandes genitoras de gerações de ideias, processos, genealogias, criaturas, períodos da sua própria arte... sempre se tornando mais sábias e se manifestando dessa forma. Existem mentoras, graças que ensinam, as que orientam alunos e quem quiser aprender, escritoras e pintoras iniciantes, e as maduras também, porque as mulheres maduras também precisam de carinho e orientação para florescer numa estação atrás da outra...

Na mitologia, porém, talvez seja onde isso fica mais nítido... que a grande avó, como representante do arquétipo maior da mulher sábia, tem uma tarefa crucial que é intimidante, ousada, desafiadora e alegre. A tarefa crucial da grande mãe é simplesmente a seguinte, e nada além disto: viver a vida plenamente. Não pela metade. Não três quartos. Não um dia, abundância; no outro, penúria. Mas viver plenamente cada dia. Não de acordo com a capacidade do outro. Mas de acordo com a sua própria capacidade, predestinada, de livre-arbítrio, que dá a vida, não que entorpece a vida. E existe uma razão para esse impulso central... Uma das minhas avós, Viktoriá, tinha um cachorrinho com um defeito de oclusão que parecia a miniatura de um terrível Cérbero, mas que era um doce de criatura. Minha avó também tinha um gatinho preto que costumava atacar os rosários que ela mantinha pendurados em todas as maçanetas das portas na casa inteira... "caso eu precise rezar por alguém com muita pressa". Ela conversava com o cachorro e o gato como se fossem gente... "Os animais têm alma, você sabia?", ela costumava dizer.

Quando o cachorro de repente dava um salto com grande energia para acompanhar um novo cheiro no ar, o gato também começava de repente a correr pelo aposento. Da mesma forma, quando o gato saltava do alto do velho rádio de celuloide para o encosto da poltrona de vovó, com seus paninhos de crochê, e não parava de saltar de um lado para outro, o cachorro percebia e começava a pular, todo sorridente. Quando isso acontecia, era inevitável que minha avó dissesse que precisávamos nos unir a eles. Ela agarrava minhas mãozinhas, e nós saíamos pulando e saltitando, no mesmo ritmo da dança do gato e do cachorro, já em andamento. Ela dizia: "Quando *uma pessoa* vive de verdade, todos os outros também vivem." E todos os animais, nós incluídas, por meros momentos, voltávamos a ser selvagens.

Ela queria dizer que, quando uma criatura resolve se dedicar a viver do modo mais pleno possível, muitas outras que estiverem por perto se "deixarão contagiar". Apesar das barreiras, do confinamento, até mesmo de lesões, se alguém se determinar a superar tudo para viver plenamente, a partir daí outros também o farão, e esses outros incluem filhos, companheiros, amigos, colegas de trabalho, desconhecidos, animais e flores. "Quando *uma pessoa* vive de verdade, todos os outros também vivem." Esse é o principal imperativo da mulher sábia. Viver para que outros também se inspirem. Viver do nosso próprio jeito vibrante para que outros aprendam conosco.

Se contarmos os dez primeiros anos de vida como uma década, estou na minha sétima década na Terra... e agora vejo com clareza que o "trabalho de amor" da grande avó também se desdobra num nível terreno... ou seja, o imperativo de ter grande prazer, de ter grande diversão, no bom sentido, de examinar... o que pode significar interferir em prol de um melhor resultado; dar legitimidade... o que significa abençoar; ensinar... o que significa mostrar como se faz; abrigar... o que significa falar do espírito e da alma, e nunca simplesmente da mente e do corpo por si sós... e assim cuidar das outras almas de todas as idades que possam passar, mesmo que só por um momento, ao nosso alcance.

O que me leva a uma pergunta especial para sua reflexão... Você alguma vez já vislumbrou o que compõe *seu* eu maior? Acho que uma mulher pode enxergar muito do seu eu profundo ao examinar algum fenômeno raro nos motivos condutores dos contos de fadas, aqueles que caracterizem nitidamente como uma mulher se torna sábia.

Quando examinamos os temas nas lendas e mitos, vemos uma configuração sem paralelo, que é a seguinte: sempre que uma jovem está em situação angustiante, não é tão frequente que um príncipe apareça, mas costuma ser, sim, uma velha sábia que se materializa como que surgindo do nada, lançando sua poeira mágica ao redor e batendo no chão com sua bengala de abrunheiro.

Quer essa idosa seja uma velha enrugada ou uma feiticeira com seus amuletos, quer ela seja uma mutante ou uma maga sensual, quer esteja usando trajes de ervas, vestido do brilho do pôr do sol, manto da meia-noite ou uniforme completo de combate... ela é a anciã "que sabe" e surge de repente para ajudar a mulher mais jovem.

Ela aparece à janela da prisão com uma sábia instrução de como escapar dali. Em segredo, ela dá à heroína um anel mágico, um espelho ou frasco com lágrimas, para usar como proteção. Ela murmura palavras enigmáticas que a heroína precisará estudar e interpretar para acabar encontrando seu caminho. Os príncipes são bons. Os príncipes podem ser excelentes. Mas, com frequência, nos mitos, é a velha que tem algo de realmente bom a dar.

Entretanto não se deveria considerar que a heroína mais jovem, muitas vezes ingênua, apesar dos apuros e desafios que enfrenta nas lendas, seja uma página em branco. Como as jovens na vida real, ela geralmente tem uma impressionante sabedoria própria. Às vezes, porém, é também dominada pelo medo de seguir o que sua alma sabe. Ou ainda/e também pode estar no meio de um aprendizado de enorme importância que, de repente ou com o tempo, chegou a um impasse – como nos mitos gregos sobre rios de esquecimento como o Letes, ou rios envenenados como o Estige, nos quais uma criatura viva de início não consegue ver um jeito de atravessar para voltar inteira à Terra dos Vivos.

Em histórias, como uma da nossa família que chamamos simplesmente de *O colar*, uma jovem é rejeitada pela aldeia por ser "diferente". Em razão de uma importante herança que carrega, ela deveria ser capaz de desconsiderar todo aquele menosprezo para valorizar seu verdadeiro eu... enxergando a si mesma através dos olhos da avó. Mas, enquanto não encontra uma velha sábia, bastante assustadora, ela tem medo de acreditar que seja mais do que simplesmente humana.

No mito de Psique e Eros, Psique não se dá conta do profundo erro que comete quando tenta "ver" o verdadeiro Amor, em vez de "confiar" nele. O resultado é seu belo amado, Eros, ser ferido e desaparecer. Ela precisa fazer uma viagem sombria aos infernos, onde conhece as três fiandeiras e tecelãs que lhe ensinam que a vida é curta e falam da necessidade de dar atenção ao que mais importa. Existem muitos outros temas em mitos e lendas, nos quais a jovem não percebe a gravidade do perigo que sua alma corre. Mas a mulher mais velha percebe.

Portanto que bom para nós que a fonte de sabedoria surja de modo bastante confiável, e não somente nos mitos. Se você olhar em volta, na realidade, é provável que também perto de você haja uma idosa maravilhosamente excêntrica, ligeiramente irritadiça, arrumada com elegância e/ou desalinho, ousada, forte e bela. Pense bem... você não conhece algumas criaturas veneráveis que são semelhantes à mulher sábia que aparece nesses contos? Uma mulher que costuma ser perita em sagacidade, cálculos exatos, meios aparentemente mágicos e, sem dúvida, sábias estratégias? Conhece? E, se acha que não, pense de novo, porque pode ser que *você* seja ela em formação você! Você mesma!

Nas histórias, a dupla da mais nova e da mais velha juntas assume a missão de dar muitas bênçãos necessárias uma à outra para seguir adiante, sair-se bem, ser corajosa e audaz, e levar o tipo de vida na qual as almas são bem-nutridas.

Por que os atributos da mulher sábia são, além disso, tão importantes para as jovens? E por que a sabedoria e a energia das jovens são tão importantes para as mais velhas? Juntas, elas simbolizam dois aspectos essenciais encontrados na psique de cada mulher. Pois a alma de uma mulher é mais velha que o tempo, e seu espírito é eternamente jovem... sendo que a união desses dois compõe o "ser jovem enquanto velha e velha enquanto jovem".

Não importa o número de anos que você tenha vivido, alguma vez já se sentiu como se ainda estivesse com 16 anos? É seu espírito. O espírito é eternamente jovem e, embora cresça em experiência e sabedoria, ele possui a exuberância, a curiosidade e a criatividade desenfreada da juventude.

Você alguma vez sentiu que disse ou fez algo muito mais sábio, mais inteligente do que você realmente aparenta ser na vida diária? Essa é uma das provas da existência da alma, a força antiga no interior da psique que "sabe" e age de acordo.

Numa psique equilibrada, essas duas forças, o espírito jovem e a alma velha e sábia, se mantêm num abraço em que mutuamente se reforçam. A psique foi construída para ter seu melhor funcionamento, enfrentando dragões, fugindo de torres, dando de cara com o monstro, rompendo encantamentos, encontrando o brilho, lembrando-se da própria identidade... quando é guiada por essa dupla dinâmica.

E o que deveria fazer uma mulher que perdeu o contato com um ou com o outro aspecto dessa preciosa natureza dupla dentro de si mesma, seja o espírito para sempre jovem, seja a anciã conselheira... aqueles aspectos exatos que tornam uma mulher uma "grande" neta, uma "grande" avó, uma "grande" alma?

Receber "a bênção" para viver de verdade... Às vezes passamos toda a nossa vida à espera da "bênção", daquela que abra totalmente os portões: "Ande, sim, seja a força que você está destinada a ser... Ande, sim, viva como um ser pleno o tempo todo, até seus limites mais distantes."

Uma bênção não faz com que você *ganhe* alguma coisa, mas, na verdade, faz com que você *use* alguma coisa – algo que você já possui –, o dom que nasceu junto com você no dia em que você chegou à Terra. Uma bênção é para que você se lembre totalmente de quem é, e faça bom uso da magnitude que nasceu embutida no seu eu precioso e indomável.

Se você esteve esperando por essa bênção, peço-lhe que não espere mais, pois as bênçãos que aplicar sobre a sua cabeça se baseiam na visão comprovada dos atributos inatos e eternos da sua alma. E quem ousaria dizer que consegue enxergar esses atributos? Ah, aqui precisamos fazer uma pausa para rir juntas; pois, se você pode fazer a pergunta, é porque já conhece a resposta. Escreva o seguinte para não se esquecer: "Jamais subestime a audácia espiritual de uma velha perigosa."[2]

Está lembrada de que no início dissemos que aqui a alma teria liberdade para falar? Assim, já que você está junto à minha lareira, seja você a filha, seja a mãe, seja você espírito e alma, com companheiro ou ainda sem, seja você mais nova ou mais velha, seja você quem está sendo posta à prova ou quem o tempo já provou, ou as duas, abaixe a cabeça, filha querida, e permita que eu lhe conceda esta bênção delicada e ardente pelo que resta desta noite de "histórias dentro de histórias", e por sua jornada vida afora...

Saiba que você é abençoada, apesar das hesitações, quedas, tempo perdido, certezas, perspicácias e mistificações, pois tudo isso é combustível para avançar...

... Portanto que sempre consigamos resistir a quaisquer falsidades coletivas que procurem anular a visão e a audição da alma. Assim, a mulher sábia espia do meio do bosque cerrado.

Que nos afastemos dos zombeteiros que não ouvem esse chamado para a vida da alma. Assim, a mulher sábia avança por seu caminho.

Se necessário for, que nos transformemos em alegres subversivas que estão em constante crescimento, e têm um coração luminoso e calmo. Assim, chega o espírito à superfície do lago.

Que nos recusemos a ser jogadas para cair em um lugar qualquer, mas, em vez disso, vamos planejar e cumprir nossas fugas do que é morbidamente banal, bem como do que é cronicamente vazio ou brutal. Assim, o espírito se ergue em pleno esplendor.

Que nos dediquemos a novas iniciativas e a outras velhas e confiáveis. Assim agindo, uniremos o que há de melhor na velha sábia ao que há de melhor na mais jovem.

E então, apesar de todos os momentos ou eras em que seja derrubada ou reprimida, quer você seja uma mulher de poucos anos, mas grandes em significado, quer seja uma mulher de "certa idade", que esteja ganhando divisas, ou ainda uma mulher de grande idade que está sempre descobrindo técnicas para manter o fogo brando ou com chama alta...

... Que você sempre se lembre de estar conectada à alma, se for visão e força o que deseja,

... e de estar conectada ao espírito, se for energia e determinação que necessitar para agir pelo seu próprio bem e pelo mundo,

... e, se for sabedoria o que quiser, que você sempre una o espírito à alma, ou seja, una a ação à paixão, a ousadia à sabedoria, a energia à profundidade... e convide todos os aspectos da psique para o *hierosgamos*,[3] esse matrimônio sagrado.

... Assim, filha querida, anime-se e inspire-se.

... Assim, que você escolha o que tornar maior, não menor, seu coração, sua mente e sua vida,

... que você absorva o que tornar mais profundos, não mais amortecidos, seu coração, sua mente e sua vida,

... que você escolha o que a faça dançar, não mais andar pesadamente nem cochilar, pelo tempo afora.

A alma e o espírito têm instintos excelentes. Trate de usá-los.

A alma e o espírito têm admiráveis dons do coração.

Trate de desdobrá-los.

A alma e o espírito têm a capacidade de ver longe, remar muito e se curar razoavelmente bem. Trate de usá-la.

Desde sempre esteve esperando por você na sua floresta interior, uma mulher, a maior das maiores, sentada à beira da maior das maiores fogueiras. Apesar de você atravessar a escuridão esmagadora para criar diamantes, ou o deserto que a priva de tudo, mas que a sustenta com sua água oculta, apesar de ter de se desviar ao chegar ao rio para ser transportada por sobre as corredeiras por mãos invisíveis... apesar de toda e qualquer luta... aquela mulher, a maior das maiores, em pleno espírito, está à sua espera, enviando pacientemente mensagens pelo sistema de raízes da sua psique de todos os modos possíveis. Esse é o trabalho dela, o maior dos maiores. E o maior dos maiores trabalhos que cabem a você é encontrá-la e mantê-la para sempre.

Há quem diga que bênçãos são apenas palavras. Mas, minha filha, tendo em vista sua esperança, sua capacidade para amar, seu anseio pela alma e pelo espírito, sua carga criativa, seu interesse e fascínio por viver a vida plenamente, essa bênção para você não é só "palavras". Digo-lhe que esta bênção é profecia.

"Quando uma pessoa vive de verdade, todos os outros também vivem."

"Táncoló Nagymamák"

A CIRANDA
DAS
MULHERES SÁBIAS

A SABEDORIA DA NOVA VIDA
LAS ABUELITAS: AS VOVOZINHAS

"Escute, meu amorzinho: Nunca subestime a resistência da velha sábia. Apesar de ser arrasada ou tratada injustamente, ela tem outro eu, um eu primordial, radiante e incorruptível, por baixo do eu que sofre o ataque – um eu iluminado que permanece incólume para sempre. Está comprovado que a velha sábia tem uma envergadura de asas de seis metros, escondida por baixo do casaco, e uma floresta toda dobrada no seu bolso fundo. Decerto, podem-se encontrar debaixo da sua cama pantufas de sete léguas de lamê dourado. E através dos seus óculos, quase tudo que pode ser visto há de ser visto. O tapetinho diante da sua lareira pode realmente ser um tapete mágico. Quando aberto, é provável que seu xale tenha a capacidade de acionar os cães do inferno ou então de invocar a mais estrelada das noites. Ela dá gargalhadas enquanto navega pelo firmamento na metade do seu próprio coração partido. Suas penas se erguem porque ela está sempre aprendendo o amor. Ela desce para se aproximar do alento de qualquer criatura que cante. Ela procura proteger a alma de tudo. Pássaros canoros contam-lhe as notícias ocultas. E assim ela tem a 'visão mágica' que enxerga para adiante e para trás do presente. Como sua equivalente humana, é muito provável que ela more perto de um rio querido... ou então, talvez, ela própria seja simplesmente um rio..."

A MULHER QUE SABE SEUS ATRIBUTOS: CAPACIDADE DE DESAFIAR AS PROBABILIDADES E ENSINAR OUTRAS A FAZER O MESMO

As árvores filhas

Toda árvore possui por baixo da terra uma versão primeva de si mesma. Por baixo da terra, a árvore venerável abriga "uma árvore oculta", feita de raízes vitais constantemente nutridas por águas invisíveis. A partir dessas radículas, a alma oculta da árvore empurra a energia para cima, para que sua natureza mais verdadeira, audaz e sábia viceje a céu aberto.

O mesmo acontece com a vida de uma mulher. Como a árvore, não importa em que condições ela esteja acima da terra, exuberante ou sujeita a enorme esforço... por baixo da terra existe "uma mulher oculta" que cuida do estopim dourado, aquela energia brilhante, aquela fonte profunda que nunca será extinta. "A mulher oculta" está sempre procurando empurrar esse espírito essencial em busca da vida... para cima, para que atravesse o solo cego e consiga nutrir seu eu a céu aberto e o mundo ao seu alcance. Seus períodos de expansão e reinvenção dependem desse ciclo.

Você já amou uma árvore? Se amou uma floresta ou uma árvore, sabe que existem árvores que, apesar de tudo o que tenha dado errado, conseguem enganar a todos – e sobrevivem para contar e ensinar sobre seu admirável retorno à vida. É mais uma vez o estopim dourado.

Conheci muitas dessas árvores vigorosas nos bosques do norte onde passei a infância. Contudo, naquela época, como ocorre com frequência na vida das mulheres também, as grandes árvores eram repetidamente expostas a riscos por conta de rápidos esquemas de incorporação imobiliária. Em vez de ver a terra como um corpo vivo e construir em harmonia com suas curvas de nível, empreendimentos inteiros eram dispostos sobre o terreno, forçando-o a se adequar a ideias que não eram da sua criação.

Foi assim que muita terra fértil e cultivável ficou soterrada debaixo de cubículos de casas idênticas, tanto que os morros e patamares da terra pareciam blindados como as escamas sobrepostas ao longo da espinha de um dragão. As praias foram transformadas em concreto; e trilhas verdejantes foram asfaltadas até praticamente não restar um trecho de verde sequer. Nesse ambiente, as árvores, tanto as velhas quanto as novas, eram ameaçadas diariamente pela poluição, pela invasão do seu espaço, por alterações no lençol freático e, em consequência, pelo desequilíbrio dos nutrientes essenciais que extraíam do solo.

Uma dessas árvores ameaçadas que conheci era uma enorme avó, um choupo. Essa árvore específica tinha sobrevivido por vários séculos a todo tipo de intempérie, inundação, congelamento e a todas as criaturas que tentaram corroê-la. Ela era o que nós chamávamos de "árvore da nevasca no verão" porque lançava suas sementes diminutas presas a uma reluzente penugem branca. Elas voavam e flutuavam nos ventos quentes da primavera, gerando uma tempestade de neve fina e transparente. Seria um equívoco imaginar que, por lançar suas sementes em saias cheias de babados, ela fosse frágil. Ela não era. Era uma guerreira.

Um dia, porém, mesmo depois de provar seu valor nas batalhas que nunca buscava, mas que vinham confrontá-la diretamente repetidas vezes, e embora continuasse resistindo, ereta e majestosa... bem, um dia ela foi "descoberta" por um grupo de gente armada de serras de arco e machados. E então, ao longo de algumas semanas terríveis – pois tamanha era sua circunferência, tão profundos eram seu coração e sua força –, sem nenhuma cerimônia, ela foi picada e derrubada.

Depois, foi levada embora por um grande caminhão preto com chaminé. Na serraria antiquada, de teto de zinco, ela foi mais "desdobrada" – como se diz nas madeireiras – em madeira comum para estrados de carga e caixotes. E, como ocorre muitas vezes na vida de uma mulher, a conclusão era que ela havia sido derrubada, e que agora esse era o seu fim. E alguns, que tinham outros planos em mente, podem ter dito: "Já vai tarde." Mas... a mulher oculta que cuidava do estopim dourado lá por baixo da terra pensava de outro modo...

Imagine um tijolo, de verdade. Agora imagine um enorme choupo vivo, confinado numa casca que tivesse os formatos e tamanhos de milhares de tijolos toscos em linhas ondulantes de cima a baixo, pelo tronco inteiro. Era essa a profundidade com que a casca do choupo estava entalhada – em si uma visão espantosa. Os velhotes que se alojavam entre os emaranhados de fios e mangueiras no posto de combustível disseram que a casca espessa fez com que os primeiros golpes poderosos dos machados saltassem de volta dos cortes e perseguissem os lenhadores pela rua abaixo. Disseram que só a remoção da casca do tronco exigiu sete dias de trabalho pesado. É difícil matar a vigorosa carapaça de um espírito altaneiro.

A vida de uma árvore, a vida de uma mulher, não precisava e não precisa ser assim, tolhida e retalhada para abrir caminho para outra coisa de valor duvidoso. Há outros modos de *viver sua vida e deixar outras vidas em paz*; de se harmonizar, de chegar ao pleno florescimento por toda parte.

Minha família vinha de uma tradição camponesa na qual as árvores para corte eram separadas das árvores da floresta. Eles semeavam árvores em áreas demarcadas: algumas para vender, algumas reservadas para o uso da madeira. Mas as gigantes da Natureza eram encaradas de outro modo... As árvores da floresta não deviam ser derrubadas, pois as grandes árvores eram as verdadeiras guardiãs espirituais do povoado.

As árvores guardiãs eram a proteção da aldeia contra o calor do verão. Durante tempestades, elas desviavam a mira do vento. Com seu tronco, seguravam os amontoados de neve, e evitavam que a neve acabasse por soterrar os chalés rurais e pusesse vidas em perigo. As grandes árvores da floresta impediam que grãos soprados pelo vento entrassem pelas mínimas junções nos beirais dos telhados e pelas soleiras das portas. Isso elas faziam apanhando nos seus ramos frondosos a poeira que o vento levantava dos campos. As velhas árvores propiciavam uma felicidade luminosa e calma ao coração de todos os que as viam ou que nelas se encostavam. E assim, as velhas árvores, como os anciãos da aldeia, nunca eram cortadas nem deixadas à míngua.

Na antiga tradição da terra natal, se essa árvore da qual estamos falando tivesse tido uma morte natural, "no momento certo da sua própria hora", só então ela teria sido derrubada, caso não tivesse caído sozinha. Do seu tronco, porém, seria tirado um pau de cumeeira, assim como muitas escoras e ripas para forro. A partir daí, haveria uma casa cuja estrutura seria construída com sua madeira. A casa seria construída "ao alcance da visão" das raízes da velha árvore. Isso para que todos pudessem dizer com orgulho: "Está vendo? No final da vida, essa árvore foi derrubada com a devida gentileza. Ela então veio para um lugar bom e próximo sob uma nova forma. Seu amor por nós e nosso amor por ela nunca terminaram. Ela ainda está conosco."

Se, em vez de viver no embotamento do mundo moderno – que às vezes pressiona os seres humanos a adotar eficácias a curto prazo, em vez de um planejamento a longo prazo que mantenha viva a generosidade da Natureza –, o grande choupo tivesse vivido na terra dos antepassados, dos seus nós, os velhos sábios teriam esculpido tigelas que acompanhassem os rios do seu veio. As tigelas seriam usadas como recipientes para leite de égua e para pão preto. O pintor de imagens do povoado teria pintado na parede de argamassa caiada da varanda da casa, abaixo do telheiro, um retrato do próprio choupo – para demonstrar que as raízes da casa e as raízes da enorme árvore estavam unidas por baixo da terra tanto quanto a céu aberto.

Mas isso era naquela época. É um momento em que algumas pessoas se esquecem de que a Natureza não é um desconhecido, mas faz parte da família. Depois que o choupo foi derrubado, as pessoas tiveram muitos sentimentos a respeito do seu fim – algumas ficaram impassíveis; outras, em número muito maior, ficaram indignadas. Mas a maioria se sentiu desconcertada com a destruição de um ser tão admirável – um ser que na maior parte do tempo fornecia tudo para qualquer um que quisesse qualquer coisa. A árvore avó: o repouso à sua sombra; o brilho das estrelas atravessando sua copa à noite; uma criatura na qual era possível descansar; um conforto no som incomparavelmente tranquilizador do vento nas folhas falantes. Um lugar onde namorados podiam se demorar, um tronco no qual alguém poderia se encostar para chorar, uma copa sob a qual espíritos afins poderiam conversar em paz.

No local onde antes ela tocava o céu, havia agora um espaço sinistro, um vazio, uma abertura escura que dava para lugar algum. Nem mesmo os arbustos frondosos e as formas de samambaias que viviam perto do chão – esses jamais poderiam compensar a falta da sua torre verde. E, ainda assim, a mulher oculta debaixo da terra cuidava do estopim dourado. Sempre. E sempre...

A CIRANDA DAS MULHERES SÁBIAS

* * *

Ao longo do ano, começou a acontecer alguma coisa com aquele enorme cepo de choupo. O que restou da árvore no chão tinha mais de 1,80 metro de diâmetro. Aquele tampo de mesa plano e prateado era grande o suficiente para que quatro mulheres de quadris largos se deitassem nele, lado a lado, sem desconforto. O tempo passava. E passava.

Então... teve início o que chamo de "um lento milagre". Do cepo liso sobre o qual a árvore viva um dia se erguera, cresceram 12 rebentos a partir da velha árvore avó. Direto para o alto. Fortes. Ondulantes. Dançando numa roda. Em cima do cepo. Em torno da sua borda... 12 árvores que dançavam.

As árvores jovens que cresceram a partir do corpo do velho choupo eram obviamente suas filhas. Na mitologia, uma árvore dessas "com sua prole" às vezes é chamada de "árvore do círculo de fadas"; espíritos que brotam do que parece estar morto... para dançar sem parar na alegria de uma nova vida. Elas não foram semeadas. São evocações. Elas surgem, "as muitas a partir de uma só", daquele único estopim dourado. Na mitologia grega, é Deméter, a mãe terra, que morre quando sua filha desaparece. É Deméter que volta à vida vibrante quando a filha lhe é restituída. Da mesma forma, essa grande árvore: as filhas provêm da raiz mãe mais antiga; elas trazem tudo de volta à vida outra vez. Não à vida estática. À vida que dança.

Esse tipo de árvores com "rebentos" ocorre na Natureza, porque a vida nova está armazenada na raiz – mesmo que a massa maior acima da terra tenha sido derrubada, tenha sido levada dali – mesmo que a vida de uma criatura não tenha sido tratada com o devido respeito, ou não tenha sido gerada corretamente – mesmo quando cercada de apatia e indiferença. Mesmo que a carapaça tenha sido partida e destruída. Imagine só: a partir do espaço vazio, voltar não apenas com um novo rebento uma vez, mas com muitos. Independentemente de todas as outras condições, a mulher oculta por baixo da terra cuida do estopim dourado.

Agora, com os ventos ousados, as folhas dessas arvoretas altas e lindas estão sempre em movimento, sempre falando com mil reflexos de verde. Se isso não for um milagre, não sabemos nada sobre os verdadeiros *milagros*. Pois quem será capaz de dizer que alguma coisa querida que foi rasgada e retalhada morreu de verdade? Quanto a qualquer mulher arrasada, quem poderá um dia começar a avaliar que grande vida acabará por brotar dos seus cortes, dos seus ferimentos – da eletricidade empurrada para cima a partir do seu cerne oculto, aquele estopim dourado? Por mais que ela tenha sofrido mutilações profundas, sua raiz radiante ainda está viva, ainda está produzindo e sempre estará à procura de vida significativa a céu aberto.

Dentro da psique de muitas mulheres existe algo que entende intuitivamente que o conceito de "curar" está incluído na palavra "saúde". Quando ferida, ela se torna "cheia de cura" – cheia de recursos de cura –, o que significa que algum filamento vibrante, gerador de vida, no seu espírito e na sua alma se move persistentemente na direção da nova vida, seja na busca de muitos tipos de forças, seja na reconstituição da integridade perdida, seja na criação de um novo tipo de integridade, diferente da que havia antes. Essa força interna é cheia do impulso pelo bem-estar. Ela acredita num fator de salvação que pode resistir e há de resistir à crueldade. O sistema radicular oculto cresce a seu próprio modo, independentemente de projeções, pressões e acontecimentos externos. Ele continua literalmente em efervescência, subindo em ebulição, fluindo para fora, para cima, atravessando o que for preciso, não importa o que tenha sido disposto contra ele. Aí incluídas forças externas. Aí incluída a própria mulher.

Mesmo quando a atuação do ego é temporariamente reprimida, a mulher oculta por baixo da terra, a que cuida do fogo para esse fim, mantém a atitude pela vida – por *mais* vida! – que está sempre fazendo força para cima, sempre insistindo em mais vitalidade e se desenrolando, sempre preservando mais e sendo audaciosa e ponderada... e então mais um pouquinho, mais um pouquinho, até que a árvore da vida a céu aberto equipare-se a seu amplo sistema de raízes subterrâneas.

Quando falamos da criação da alma, aquela geração literal e ordenada de um sistema radicular cada vez maior, de um território da alma cada vez maior, conquistado e plenamente habitado, estamos vivendo como vive uma árvore gigante... Ela não manda a energia só para cima. À medida que cresce acima do solo, ela envia energia de volta para baixo, com instruções para que o sistema radicular se intensifique, que busque mais nutrição, reações mais ponderadas às condições... tudo para dar apoio à copa cada vez maior lá em cima.

Não é diferente na vida de uma mulher. Qualquer uma que tenha registrado seus sonhos e observado como eles estimulam e moldam seus dias; e como o seu dia a dia também influencia seus sonhos, sabe que existe um relacionamento complementar entre sua vida exterior e sua vida interior. Nos melhores casos, cada uma alimenta a outra e a torna sábia. O fundamento inextinguível dentro de uma mulher empurra a "força da vida" para cima, para sua mente, seu coração e espírito. Se ela prestar atenção, se escutar, obterá "ideias", em outras palavras, "filhas" brotarão dela na forma de ideias novas e vibrantes por uma vida maior e com mais significado.

À medida que uma mulher cresce a céu aberto na realidade consensual, ela também ordena a expansão do seu sistema radicular para que sua visão profunda, a audição mais cuidadosa e a mente mais perspicaz também se expandam. Trata-se de um processo em série, atemporal, sagrado, acionado pela atenção consciente ao modo pelo qual a psique amadurece de uma jovem menina para uma sábia vibrante, dançante, aprimorada pelo tempo.

Poderíamos aventar a hipótese de que um ciclo de energia armazenada como esse resida no inconsciente psicoide – Jung descreveu o inconsciente psicoide como um lugar na psique em que a psicologia e a biologia poderiam se influenciar mutuamente. Na verdade, porém, permanecem misteriosas para nós as origens dessa força que sempre brota na direção não só da vida mais plena, mas da vida em expansão, uma vida em que as árvores filhas crescem direto da raiz da mãe sábia...

Podemos saber, mas não sabemos dizer com muita precisão onde e como tudo isso ocorre. A poesia luta ou necessária para explicar a força vital de uma mulher: a dança, a pintura, a escultura, os ofícios do tear e da terra, o teatro, os adornos pessoais, as invenções, escritos apaixonados, estudo em livros e nos nossos sonhos, conversas com outras que sejam sábias, o atento intuir, refletir, sentir e pressentir... criações e realizações de todos os tipos são necessárias... pois existem certos assuntos místicos que as palavras concretas isoladas não conseguem expressar, mas que as ciências, contemplações do que é invisível porém palpável, e as artes conseguem.

Entretanto, no meio de qualquer tempestade ou contentamento, a bela força da vida estará para sempre preservada pela mulher oculta, que sempre se esforçará para que se saiba que consertos e impulsos começam novamente no próprio momento em que somos destruídas. Assim, essa força interior atua como uma *grand mère*, a maior das avós, a essência da sanidade e da sabedoria da alma que sempre nos guia e que jamais nos abandonará.

Essa fonte misteriosa é vivenciada por meio daqueles conhecimentos nítidos e úteis que parecem chegar inesperadamente e por intermédio de origens invisíveis; em sonhos noturnos ousadamente explícitos ou intricadamente emaranhados; em explosões de energias e ideias eficazes que surgem aparentemente do nada; na súbita certeza de que se está sendo chamada para algo que necessita do nosso amor, dos nossos pontos de vista ou dos nossos toques; na inesperada determinação de interferir, dar as costas ou caminhar naquela direção. Como a velha sábia que aparece de repente em contos, essa fonte que guarda o estopim dourado se manifesta mediante exortações interiores para que atuemos discretamente ou com exuberância; no impulso perspicaz de criar mais uma vez, valorizar mais fundo, consertar melhor, proclamar mais longe, proteger a vida nova.

A primeira impressão dessa prova atemporal pode ser estudada também nas mulheres de carne e osso. Aquelas que estão sempre procurando reter significados, em vez de criar alianças somente com os perecíveis; as que anseiam por florir e estão, hesitantes ou firmes, desenvolvendo os ovários para florescer plenamente e com frequência; as que lutam para pertencer a si mesmas e estar no mundo ao mesmo tempo, talvez em sequência, talvez todas juntas; mulheres que estão lutando para se tornarem fontes de semeadura, cujo lançamento do conteúdo produza capaço e que, no pensamento e na ação, viajam muito além da sua conhecida terra natal.

A força e presença da maior das mulheres, a velha sábia, a *grand mère*, a maior das mães, é encontrada naquelas que são desde um pouco até muito perigosas, através da sua noção e disposição para pôr em risco ideias e existências desprovidas de alma, seja dentro de si mesmas, seja do lado de fora. A prova dessa fonte sábia e

A CIRANDA DAS MULHERES SÁBIAS

misteriosa, nas raízes, é o que sempre se encontra em mulheres que estão aprendendo e que anseiam por aprender mais, que desenvolvem uma visão interior, que seguem intuições, que não serão impedidas de prosseguir nem silenciadas, que, a respeito de coisas profundas ou glórias que pareçam à primeira vista intimidantes, não dizem... "Isso eu não posso fazer", mas preferem perguntar a si mesmas: "O que eu preciso reunir para *poder* fazer isso?"

Não importa onde ou como vivamos, não importa em que condições... nunca estamos sem nosso supremo aliado, pois, mesmo que nossa estrutura externa seja insultada, agredida, apavorada ou mesmo destroçada, ninguém poderá extinguir o estopim dourado, e ninguém poderá matar sua guardiã subterrânea.

LAS ABUELITAS: AS GRANDES VOVOZINHAS.
A VELHA MÍTICA.
DE QUE MODO ELA É PERIGOSA?
DE QUE MODO É SÁBIA? ELA É MUTILADA.
CRESCE DE NOVO. ELA MORRE.
E CRESCE DE NOVO. ELA ENSINA AS JOVENS
A FAZER O MESMO. ACRESCENTAR AUDÁCIA.
ACRESCENTAR DANÇA.

A *abuelita*, a grande avó. São tantos os tipos que aparecem nos mitos e histórias. Há as distantes, que tentam esgotar as forças vitais dos parentes, como em certos temas de histórias do Leste da Europa, em que as sugadoras de sangue procuram primeiro dentro da própria família – os filhos e os filhos dos filhos –, em busca de nutrição para compensar sua luz fraquejante, seu vazio e suas escolhas imprudentes.

Há as grandes avós selvagens que têm o cabelo verde e os cílios turquesa, com sapatos de todas as cores, e que viajam por toda parte para fazer as menininhas entenderem que são bonitas. Há as "grandes avós de avental" que sabem de tudo sobre fartura e carestia e são as portadoras de alimento para o corpo e para a alma. Há as grandes avós de alta-costura e as grandes avós artistas que lançam purpurina a cada passo e inspiram outras a criar à vontade. Há uma quantidade incontável de tipos de avós: cada uma é única e representa um desafio a tentativas de classificação. Há muitas grandes avós que reúnem os atributos anteriores e ainda mais; ou mesmo diferentes, tudo ao mesmo tempo. Qualquer qualidade de inteligência, ternura, franqueza, sensualidade, profundidade que uma mulher tenha possuído aos vinte anos de idade, com o esmerado desenvolvimento ao longo do tempo, estará provavelmente duplicada e triplicada quando ela, de fato, na psique e na alma, for uma *grand mère*...[4]

Há uma personagem que me agrada muito. Nos antigos mitos do Novo México, pode-se repuxar as franjas esfarrapadas de uma figura que parece ser um tipo do que eu chamaria de "Avó das Neves". Ela aparenta ser uma personificação de uma avó mítica que tem um bigodinho de pingos de gelo, o cabelo espetado salpicado de neve e trajes macios feitos de neve acumulada pelo vento.

Vive entre os animais; e, segundo histórias que ouvi, dizem que traz alívio aos que sofrem, baixando sua temperatura. Ela não é o espírito da morte. É mais como uma força de anestesia temporária, alguém que, com misericórdia, proporciona um descanso em relação à dor.

Um dia achei que a conheci em pessoa. Havia *la vieja*, "uma velha velhíssima", no hospital do pequeno povoado no Novo México onde trabalhei por um período. A velha Ana estava com uma febre alta que os médicos não conseguiam fazer baixar ao normal, por mais que tentassem – principalmente com administração de líquido e repouso. No entanto a velha era rebelde e descrevia sua enfermidade como "uma doença do calor", provocada por um acesso de bílis, raiva, naquele caso tendo como motivo uma pequena desavença com uma vizinha algum tempo antes.

A velha Ana não parava de pedir aos médicos que a pusessem lá fora na neve na sua cadeira de rodas. Ela dizia que queria abrir o roupão e mostrar os seios ao céu. Acharam que ela tivesse perdido o juízo. Calcularam que ela quisesse se expor ao frio enregelante para cometer suicídio. Todos recebemos ordens de vigiá-la atentamente, sem permitir que escapasse ao nosso controle.

Sabe, é difícil dizer se a gente deveria receber parabéns ou pêsames nessas circunstâncias, mas existem ocasiões em que simplesmente se é obrigado a obedecer às exigências de uma velha, senão... O "senão" não costuma ser definido com clareza. Você só sabe que, se não obedecer agora, anos adiante na estrada sentirá um arrependimento vindo da alma para cima, para baixo e em todas as direções.

Quando a velha Ana com as bochechas muito coradas pela febre exigiu que eu a levasse para o frio lá fora, em menos de sessenta segundos eu já a estava embrulhando nos cobertores de duas camas, e praticamente carregando-a até a cadeira de rodas prateada... ela a chamava de sua "cadeira voadora"... e me esgueirando com ela pela porta lateral. Ela estava sentada toda empertigada por baixo daquelas cobertas que iam arrastando no chão, usando só seu corpinho nu e um daqueles roupões de algodão azul-claro, todo estampado com xícaras e torradeiras, já desbotado de tanto ser lavado.

Enquanto eu a empurrava lá para fora, sob um céu azul noite todo estrelado, à sombra enegrecida das montanhas Sangre de Cristo, a velha Ana exultava, numa beatitude triunfal. No entanto o que

A CIRANDA DAS MULHERES SÁBIAS

mais ocupava minha atenção eram os punhos de metal daquela "cadeira voadora". Os punhos prateados ficaram frios como gelo-seco, tão rápido que todos os cinco mil ossos das minhas mãos ardiam e doíam como se fossem se partir. Ai, pensei comigo mesma, sem dúvida nós duas vamos morrer aqui fora. Eu até conseguia ver a manchete do jornal da pequena cidade, *Comunidade em choque: duplo suicídio*.

Mas a velha Ana não se deixou atingir pelo frio. Ela me pediu para ajudá-la a se levantar. Na realidade, ela me deu uma ordem: "*¡M'hija, arriba!* Minha filha: para cima!" E então bem ali, no meio da neve de inverno, diante de Deus, só eu e ela, com os sapatos acabados, sem meias, usando na cabeça o cachecol de *chiffon*, cheio de fios repuxados, e deixando o grande rosário preto no assento da cadeira – Ana se levantou, como um guincho correndo o sério perigo de se partir com o esforço de içar uma carga pesada demais para ele.

Entretanto, por fim, ela conseguiu se pôr de pé, oscilando nos calcanhares. Pensei: "Tudo bem, só mais dois segundos, e eu a embrulho de novo, ponho na cadeira de rodas e volto correndo para o prédio aquecido com esse seu precioso esqueleto de velha."

E assim estendi a mão para segurar seu braço e conduzi-la de volta para a cadeira; mas, com a força de dez mulheres, ela rodopiou, é "rodopiou" é a palavra certa. E, com a agilidade de uma mulher de repente oitenta anos mais nova e com um berro horripilante: Ahhhh!, ela abriu o roupão e lá estava ela, "A madona nua como veio ao mundo", de pé no meio dos cobertores e do roupão caídos na neve, tendo ao redor só neve derretida e gelo.

Fiquei sem fôlego por um momento, e por mais de um motivo; pois devo lhes dizer com total franqueza que naquele instante eu me tornei testemunha do fato de que os seios de uma velha são belas criaturas, algo maravilhoso de se contemplar.

Ficamos ali paradas no frio e no vento. Meu rosto e minhas mãos estavam mais aquecidos, ou talvez tão dormentes que eu já não os sentisse. A velha Ana respirava fundo, prendendo o ar... para depois soltá-lo em explosões. Por fim, quando Ana, essa velhinha pequena como um passarinho, viu uma estrela cadente, como qualquer um pode ver a intervalos de minutos no Novo México, ela me disse toda alegre: "*Todo, finito*", agora chega. "Pode me levar de volta, *m'hija*, minha filha."

Envolvi com cuidado o trapo do seu roupãozinho molhado em torno do corpo nu enregelado, instalei-a devagar na cadeira, joguei os cobertores molhados por cima do meu ombro como se estivesse indo trabalhar num acampamento de mineração... e, com os olhos passando assustados da esquerda para a direita, para baixo e para trás, corri com a cadeira de rodas fazendo voar borrifos de neve derretida e entrei de novo no prédio baixo de tijolos de adobe, sempre excessivamente aquecido.

Por ser jovem e inexperiente, o tempo todo eu temi, muito embora meu coração me dissesse o contrário, que tinha sido loucura ser sua cúmplice; que sem dúvida eu encontraria a doce criatura, morta, morta, mortinha de pneumonia na cama, dali a poucas horas. Congelada num longo bloco de gelo, como numa história em quadrinhos.

Mas Ana não teve pneumonia. Ela não morreu. Na realidade, uma hora mais tarde ela estava se sentindo tão melhor que, barulhenta e feliz, acordou toda a equipe com pedidos lascivos de um chá especial, "o 'Constant Comer' – aquele que reanima todos os sumos da mulher!", a bebida cujo verdadeiro nome é "Constant Comment*", um chá da Lipton.

A velha Ana era uma mulher que conhecia seu próprio corpo. Ela sabia como abaixar sua febre de um modo que mais ninguém poderia calcular. Como muitas grandes avós, ela sabia de coisas que ninguém pode questionar, a menos que essa pessoa esteja totalmente enlouquecida, sem lhe restar nenhum neurônio, pois o desdém da velha pode deixar marcas chamuscadas no seu passado tanto quanto no seu futuro.

Não existe explicação viável para algumas ideias que muitas grandes avós possuem, além do fato de que elas "sabem das coisas". Como uma das minhas avós gostava de repetir: "... para quem tem esse conhecimento misterioso, nenhuma comprovação é necessária. Para quem não 'tem conhecimentos', não há comprovação no mundo que consiga convencer."

Existe também o tipo de *abuelita*, grande avó, que se caracteriza não só por sua perspicácia mas

---

*"Constant Comment" – o que se comenta constantemente. "Constant Comer" – o que dá orgasmos constantes. (N. da T.)

por seu profundo amor. Nos mitos, como a *curandera*, que mora em algum lugar muito afastado, ela é a avó querida e prendada que produziu o pão do amor. Quando ela o serve, esse pão transforma para o bem quem quer que o coma. É comum que ela tenha desenvolvido a "imposição de mãos" de uma forma que transforma com seu amor as pessoas que ela toca. E então, do corpo dessas pessoas, a ansiedade, a dor, a *envidia*, inveja, o ódio e os medos simplesmente desaparecem.

La abuelita, a vovozinha humana, é uma combinação de características e qualidades que, para a família ao seu redor, costumam também parecer mágicas. Pode ser seu conhecimento de *herbias*, as plantas que ajudam e curam o corpo e o espírito. Pode ser seu talento para o insight. É ela quem distingue a falsidade da verdade a mil metros de distância. Ela consegue ver exatamente que ações gerarão lembranças dignas de guardar. Ela pode ser aquela que cozinha como um anjo e ao mesmo tempo ameaça usar a cinta reforçada, cheia de botões pendurados e ganchos de metal para as meias, como um estilingue para atingir quem não se comportar com o devido respeito.

Em todas as *abuelitas*, como a velha Deméter que cura uma criança doente com um beijo, o espírito atravessa a perda e então volta para o amor, e para o amor de novo. Isso mesmo. Para as *abuelitas*, vovozinhas, a vida cheia de recursos costuma emanar do tecido em cicatrização. As *abuelitas* foram testadas pelo tempo. Elas são aquelas que não apenas sobreviveram, mas que também se dedicam à tarefa de vicejar.

Um dos grandes aspectos predominantes de uma vovozinha nos mitos e histórias é que na maior parte das vezes ela dedica seu coração aos jovens, "que ainda não conhecem a vida plena", sejam eles crianças, obras de arte, vocações, filhotes de cachorros, ninhadas de gatos, sejam eles os ingênuos, os oprimidos ou os adultos crescidos. Por maiores que tenham sido as destruições sofridas, por maiores que tenham sido os golpes ao seu cerne, as avós ainda consideram que o amor profundo é a maior cura e o objetivo supremo, o maior cultivador da alma.

As boas avós dos mitos e contos de fadas não se esquecem das feridas nem do que as provocou. E elas ainda se propõem a proteger tudo o que tenha sido ferido. Por quê? Porque elas representam o que protege "a luz do Amor" neste mundo. Elas acreditam que uma pequena vela, aquela única velinha brilhante do amor no seu coração, pode manter o mundo conturbado iluminado de um modo que faça diferença. Elas creem que, se parassem de fazer brilhar a luz do seu coração antes que estivesse encerrado seu tempo na Terra, o mundo ficaria escuro e morto para sempre.

Nem pense em discutir com uma velha avó dessas sobre seu amor imperecível. Ela pode ser uma das ferozes que, com perfeito insight, insiste que chegou a vez de você começar, terminar ou começar de novo.

Num caso desses, talvez ela tenha em mente algo semelhante ao que tinha Íris,[5] na mitologia grega. Para forçar as mulheres da ilha de Troia a parar de andar à toa e começar a concentrar a atenção, Íris incendiou suas naus frivolamente aparelhadas. Então as mulheres precisaram defender sua posição e começar, consertar, criar e terminar suas obras brilhantes e significativas.

De modo semelhante, com o mesmo tema, mas com uma metáfora diferente, o povo inuíte tem muitas histórias de ser forçado a se lançar ao mar aberto, pois todos os recursos em terra foram esgotados e os mais ricos nutrientes de muitas qualidades vivem nas águas desconhecidas. O impulso em cada busca é o mesmo: mergulhar fundo e chegar realmente à vida, ou então, de algum modo, perder a noção de tudo e com isso morrer para a riqueza da vida.

A avó que já aprendeu muito sabe que tornar-se mais sábia é o território de *La Señora Destina*, a velha Avó Destino. Escolher tornar-se mais sábia significa sempre escolher aprender de novo. Independentemente da idade, condição ou situação, o espírito da avó significa ensinar que lutar para crescer em sabedoria e reformular e criar vida nova são atos de inteligência.

Ser uma grande avó significa ensinar os caminhos do amor e da compaixão aos mais novos... porque os conselhos e advertências da avó com frequência podem ajudar a impedir deslizes dos mais jovens; e, caso não tornem os mais jovens de imediato mais sábios, conseguem ajudar a extrair sentido daqueles deslizes quando resultam em desnorteamento ou tristeza.

As ferramentas mágicas que a avó arquetípica usa para a transformação não mudam há milhares de anos. A mesa da cozinha. A luz do lampião. Uma única vela. A música. O ritual. O insight. A intuição. A sopa. O chá. A história. A conversa. O longo passeio. A confissão. A mão amorosa. O sorriso brincalhão. A sensualidade bem resolvida.

O senso de humor malicioso. A capacidade de examinar os outros e ler sua alma. A palavra gentil. O provérbio. O coração atento. A perspicácia para, quando necessário, proporcionar aos outros a experiência angustiante do "olhar".

Nestes tempos de grandes transformações, que uma mulher tenha tanto conhecimento quanto queira ter, que aja de acordo e que deixe isso transparecer – é às vezes um ato de desafio; mas, ainda mais, é um ato de bravura decisiva, o que significa um ato de criação básica, mesmo que não seja inteiramente certo ou seguro, um ato que encarna a vida da alma, a compaixão, um ato de amor. O fato de uma mulher em processo permanente de tornar-se mais sábia estar constantemente se reenraizando na vida da alma é um extremo ato de liberação. Ensinar as jovens a fazer o mesmo – "jovens" significando qualquer uma com menos conhecimento, menos experiência do que ela própria – é o extremo ato radical e revolucionário. Esses ensinamentos se estendem muito adiante, dando a verdadeira vida, em vez de permitir o rompimento da linha matrilinear viva da mulher sábia e indomável, da alma sábia e indomável.

A história da contadora de histórias

Em algum ponto na sua genealogia há pessoas semelhantes àquelas sobre as quais vou falar. Você é a herdeira. Mesmo que não as tenha conhecido, que nunca tenha se encontrado com elas, suas *ancianas*, suas sábias antepassadas, existem. Todas nós pertencemos a uma linhagem longuíssima de pessoas que se tornaram lanternas luminosas a balançar na escuridão, iluminando o próprio caminho e os passos de outras. Elas conseguiram isso por meio da decisão de não desistir, por suas exigências de que o outro sumisse da sua frente, por sua atitude previdente de esperar até que o outro não estivesse olhando, pela sabedoria de ser como a água e descobrir como passar pelas menores fendas ou por sua tranquila determinação de abaixar a cabeça e simplesmente pôr um pé diante do outro até conseguir chegar aonde quer.

Suas luzes continuam a oscilar no escuro... através de nós... pois, com uma única tirinha de palha, podemos acender nosso fogo a partir do fogo delas... ter inspirações a partir das suas inspirações. Nós somos as herdeiras. Desse modo, nós também aprendemos a passar oscilantes pela escuridão. Uma mulher assim iluminada não consegue encontrar o próprio caminho à luz de uma vela ou à luz das estrelas, sem também lançar luz para outras.

Quando eu era menina, imigrou para a minha vida um grupo de velhas que eram as velhas mais perigosas que eu jamais tinha visto – pois quando foram torturadas por forças e poderes maiores do que elas, quando foram capturadas, aprisionadas, sob ordens de definhar, morrer, extinguir-se, em vez disso elas viveram através da luz da sua alma. Embora fossem derrubadas de tantos modos, voltaram a crescer. E vicejaram como árvores em flor.

Elas entraram na minha vida como quatro velhas refugiadas que saltaram de enormes trens pretos para o nevoeiro noturno na plataforma onde nós as aguardávamos com grande expectativa. Vieram na nossa direção com muito esforço, dobradas sob o peso de *dunjas*, acolchoados de penas forrados de vermelho escuro fortemente amarrados com barbante grosseiro. Carregavam pesadas malas pretas e de madeira tingida, presas por cordas sujas aos seus ombros. Dos cintos de trapos pendiam todos os tipos de bolsas e sacolas. Enquanto vinham se arrastando na minha direção, a roda de madeira de uma roca amarrada às costas da velha mais alta não parava de girar no nevoeiro.

Eu tinha quase sete anos de idade, e ainda estava naquela fase em que a criança está em viagem permanente entre o exuberante mundo dos sonhos da infância e o mundo austero dos adultos. Lembro-me de ter achado que aquelas velhas enormes que atravessavam com perseverança as plataformas, todas elas, pareciam Papais Noéis, em trajes escuros, avançando pela fumaça. Logo me dei conta de que tinham essa aparência porque, além de todas as trouxas e malas, elas estavam usando todas as roupas que tinham: saia esfarrapada por cima de saia terrivelmente esfarrapada; blusa rasgada por cima de blusa manchada; todas as meias sem seu par, todos os aventais puídos.

Essas eram as idosas da família do meu pai adotivo. Eram as velhas que tinham sido perdidas e espalhadas por toda parte, da Hungria à Rússia, durante a Segunda Guerra Mundial e depois dela. As que tinham sido enterradas em campos de trabalhos forçados, tendo sido arrastadas da minúscula fazenda de 150 anos da família e forçadas a

A CIRANDA DAS MULHERES SÁBIAS

se esconderem em buracos no chão, a ir para campos de deportação de papelão molhado, para os "trens da fome" impregnados de urina e excremento, e para lugares ainda piores.

Agora, depois de passarem meses nos campos, o nariz e as bochechas das velhas ainda estavam feridos dos muitos dias de marcha, caminhando, mancando, encurvadas, levantando peso e o deixando cair, debaixo de um sol implacável, sob os olhos de guardas e "vigias" quase sempre nervosos e enlouquecidos pela raiva. A algumas dessas mulheres faltavam partes dos dedos dos pés e das mãos – alguns por ferimento a tiros, alguns por congelamento. O cabelo delas era comprido e fino, mostrando o couro cabeludo queimado pelo sol, como se elas tivessem sofrido alguma radiação. Era resultado da desnutrição e, como diziam, de tudo o que tinham testemunhado.

Ver velhas famintas e sobrecarregadas irromperem a correr é impressionante. E, no entanto, essas velhas refugiadas estavam exultantes quando se lançaram nos braços do meu pai. Embora haja quem possa dizer que eu era pequena e, sem a menor dúvida, foram as velhas que me envolveram nos *seus* braços, pela minha lembrança fui *eu* que as abracei todas juntas nos *meus* braços e que lhes dei um abraço apertado por muito, muito tempo. Tudo com muito choro, murmúrios e muitos afagos no rosto, no cabelo e nos ombros.

Elas achavam que sua vida estava sendo salva por nós, que por vir para a Ah-me-rí-kah, elas poderiam lavar todos os seus ferimentos na milagrosa terra negra do norte do Meio-Oeste, que uma vida de paz poderia recomeçar. Elas não sabiam que também tinham vindo para salvar a minha vida. Não sabiam que eram a chuva perfeita, longa e profunda, pela qual uma criança em processo de ressecamento anseia.

Elas nos trouxeram riqueza unicamente por sua existência. Muito embora tivessem sido arrancadas da amada terra natal dos antepassados, tivessem perdido filhos e maridos, tivessem sido despojadas dos seus ícones, da satisfação pelo pano branco que teciam, dos seus locais de culto, da vida das suas aldeias como elas as conheciam, tivessem sido destituídas do simples conforto da floresta ancestral na proximidade da qual viviam e de todas as suas plantas medicinais; embora tivessem sido privadas da capacidade de proteger suas filhas, seus filhos, seu corpo, sua privacidade, seu pudor – mesmo assim, elas tinham conseguido se manter agarradas ao eu essencial e resistente. O eu que não morre, o eu que nunca morre.

Essas velhas foram a primeira prova absoluta que tive de que, embora a película externa da alma seja magoada, arranhada ou chamuscada, ela se regenera de qualquer modo. Repetidas vezes, a pele da alma retorna a seu estado primitivo e intacto.

Em comparação com os recém-chegados, a parte "já americanizada" da nossa família, apesar de ter vindo do campo menos de quarenta anos antes, já tinha se tornado *nem vagyunk az erdöben*[6] "que não pertence mais aos bosques". Eles costumavam dizer baixinho em tom de censura: "Aja como um ser humano. Seja civilizado. Não aja como se morasse na floresta." (Embora nós realmente morássemos numa floresta de verdade nos Estados Unidos, como eles tinham vivido numa floresta na terra natal.)

Eu estava no meio de uma família, de uma época e de uma cultura que queriam transformar todas as crianças em pequenas cópias perfeitas e bem-educadas. Para esse fim, tinham me mandado para uma escola de dança em outro município, onde aprendi um passo de dança de quatro tempos e uma valsa sóbria, de um professor severo que se gabava de um dia ter feito a longa viagem até Chicago, ida e volta. Mas foram essas velhas imigrantes das tribos magiar e *czibráki* da terra natal que me ensinaram a dançar de verdade. Foram elas que me ensinaram a bater com os pés no chão e uivar como um lobo, a mostrar brincos, rendas e pescoço.

As velhas da família abriram uma porta profunda na criança que aos poucos estava sendo forçada a se calcificar. Elas me mostraram uma abertura que dava para as profundezas da psique, um lugar totalmente inspirado que estava, e continua a estar, muito afastado de qualquer cultura em que "crianças/mulheres/velhas devem ser vistas, não ouvidas". Elas me revelaram as camadas psíquicas em que era possível estar constantemente animada por ideias, invenções e pela perseverança de viver uma vida caracterizada por aquilo que se poderia chamar de racionalismo apaixonado[7] – uma vida repleta de paixão e impregnada de razão. Foram essas "estrangeiras" amadas que me salvaram de cair no vazio de uma conformidade cuidadosamente cultivada.

Ajudei as velhas a aprender inglês fazendo desenhos num pequeno quadro-negro que eu usava para a escola. Eu desenhava vacas Holstein e Guernsey; grous, garças e outras aves aquáticas

A CIRANDA DAS MULHERES SÁBIAS

dos nossos lagos; as folhas do carvalho, da tília, do plátano, do bordo, da pereira e da cerejeira, das árvores da floresta que nos davam madeira de lei e frutos, bem como outras criaturas do nosso cotidiano. Eu me esforçava para escrever debaixo dos desenhos a palavra certa em inglês. Eu dizia a palavra. Elas diziam a palavra. *Duck. Dük. Hat. Het. Bull. Pull. Go. Ko.*

Em troca, e ao longo de toda a nossa vida juntas, elas me contaram histórias muito, muito antigas, sobre mulheres feitas de madeira, homens que moravam em amoreiras-pretas, bebês mutantes, remédios feitos com palavras ditas sobre a água, santos, "os sem culpa", que surgiam do nada, inúmeras histórias apócrifas do Menino Jesus e da Mãe Abençoada. Elas entreteceram meus ossos com as listas de histórias sobre mulheres que viviam no fundo do mar, assassinatos nas florestas, milagres nos cemitérios. Jorravam histórias sobre o tempo que passaram nos campos de trabalhos forçados, nos campos de refugiados e de concentração, muitos, muitos relatos de coragem e lealdade inquestionável para com desconhecidos feridos e angustiados, e deles para com elas.

As velhas tinham muitos anos de prática numa imensa variedade de ofícios das mãos – fiar, tecer, tingir, bordar, crochetar, fazer renda, tricotar, acolchoar, fazer filé, plantar, colher, arrancar, fazer conservas, moer, queimar, tornear, semear, ver e curar. Através das suas práticas diárias, tornou-se aparente para mim que não era apenas *o quê* da vida de uma velha que era importante, mas também *os recursos interiores* – o que havia dentro dela, que sabedoria e força de coração tinham sido acumuladas... parte semeada de propósito, parte trazida pelo vento –, mas *tudo colhido com consciência.*

Em todos os seus trabalhos e ofícios, as velhas falavam de como era importante questionar a vida insossa e os chamarizes da ganância do consumo, e até necessariamente resistir a eles. Elas acreditavam que não era só nosso dever, mas também nossa função e prazer, pôr em perigo toda tirania, detonar todos os poços obstruídos, desafiar todas as ordens e normas que pudessem prejudicar ou arrasar nosso espírito, ou esvaziar nossa esperança.

Porque tinham enfrentado a mais difícil das vidas, eu acreditava nelas. Quando estávamos juntas, éramos *erdöben*, "dos bosques", de novo. Essas velhas não permaneceram podadas, sem noção, envenenadas, destroçadas, deixadas para viver ou morrer, só contando com o ar. Seus instintos para as estações, para a vida e a ação ética estavam intactos. Embora eu não queira dizer que sua vida fosse um mar de rosas – pois elas tinham "pesadelos terríveis" e passavam por períodos inesperados de profunda agitação e de uma tristeza indizível –, mesmo assim, elas conseguiam fazer mais do que apenas suportar. Sob o efeito da generosidade e da oportunidade de ser generosa, uma impressionante combinação para um elixir de cura, elas desabrochavam.

Para seu tempo, e ainda para o nosso, como quer que encaremos, para mulheres que tinham sido arrasadas sob tantos aspectos, de quem se esperava que permanecessem prostradas, que até receberam ordens para tanto, que tiveram sal espalhado pela terra ao seu redor, que foram arrebanhadas, dizimadas, incineradas, expulsas, descartadas como lixo – elas eram perigosas de fato –, porque voltaram a crescer! E não pararam de voltar a crescer!

Elas reivindicavam um lugar na sua sociedade, essencialmente qualquer lugar que desejasse pois não queriam esperar, implorar nem precisar adular para que alguém – a família ou a cultura – lhes concedesse esse lugar. Elas traçavam um círculo.

Entravam nele. E diziam: "Estou aqui. Se vocês quiserem proximidade, fiquem perto de mim. Se não, afastem-se, porque nós vamos avançar."

Acredito que fossem capazes de agir assim porque eram justas e generosas na maior parte das ocasiões; e porque não deram muita atenção ao cultivo de lamúrias ao longo da vida. Elas esclareciam as coisas com os outros quando era necessário, mas nunca escondiam nem disfarçavam seus sentimentos de constante perdão e amor. Bastava que lançassem "o olhar", e as pessoas se espalhavam às pressas, ansiosas para cumprir suas ordens. Bastava que estendessem os braços, e as pessoas vinham correndo para o abraço. Elas tinham seus pontos fracos e eram, como a maioria dos bons idosos, perfeitas em sua imperfeição. Mas também eram justas. Daquele tipo de justiça compassiva que resulta de terem sido alvo de tratamento implacável.

Naquela época eu acreditava, como criança, e acredito hoje, como psicanalista e mulher mais velha, que se você viver sua vida profundamente a seu próprio modo e da melhor forma possível, sua vida passa a ser não apenas um exemplo, mas um banquete para outras – uma abundância que, entre os justos e plenos de coração, há de voltar para você multiplicada por mil. Nós encontramos nossos modelos bem perto ou a certa distância, mas o efeito é o mesmo. Aos poucos, nós mulheres nos tornamos cada vez mais parecidas com quem ou com o quê nós mais contemplamos e mais admiramos.

Em todas as famílias da terra natal, não importa onde seja essa "terra natal", as funções das velhas, como as das Parcas e das *Gratiae*, as Graças, consistem em moldar novas tradições e preservar as antigas. E, ao fazê-lo, ensinar e testar a força das jovens. Nas nossas famílias, as velhas deixavam claro que, por trás de cada tradição, de cada prova, havia uma excelente razão, uma razão da alma. E ninguém conseguiria impedi-las de realizar seu trabalho.

Embora haja muitos eventos entre os quais eu poderia escolher um para demonstrar essa tese, o que tenho em mente é aquele que sempre chamei de "*Táncoló Nagymamák*, As avós que dançam". Ele demonstra apenas uma forma pela qual as idosas se aplicam ao trabalho profundo de transmitir um legado daquilo "que importa" para os jovens Na família, havia certas ocasiões – especialmente na época de um casamento – em que as velhas apagavam ainda mais a linha entre o que eu agora poderia chamar de realidade arquetípica interior e a realidade da vida lá fora.

Era assim que, nas festividades de casamento, as velhas faziam saltar das dobradiças as portas da quietude e do recato, e exerciam da forma mais plena seus poderes como megeras boas e impertinentes, como avós astutas, como as rematadas... velhas perigosas.

Preste atenção...

TÁNCOLÓ NAGYMAMÁK
AS AVÓS QUE DANÇAM

Existe uma velha tradição. Quando uma filha se casa, as velhas tentam matar o noivo antes que ele chegue à câmara nupcial. E a arma que usam é a dança.

As velhas começam a matar o noivo na recepção de casamento, uma festança que às vezes dura muitos dias e que começa imediatamente após os rigores da Missa de Núpcias, que geralmente tem duas horas de duração e é realizada à noite. Eu tinha um tio cujo apelido era tio Legato, proveniente de *látogató,* que em magiar significa *o visitante*; pois quase todos os domingos tio Legato perambulava da casa de um parente para a de outro, o dia inteiro e a noite também, provando o vinho caseiro de cada anfitrião. Os vinhos eram da cor das folhas de carvalho na primavera, e, com sua bebida, em cada casa visitada, o tio comia bolinhos de sementes de papoula recém-saídos do forno a lenha, decorados com açúcar de confeiteiro, canela picada à mão em creme chantilly e três tipos de pães tradicionais: um de batata com a casca rachada, um grande e oval de centeio, e um de milho escuro com sementes de pimenta-malagueta – "pão de fogo" era como o chamávamos.

Era esse tio que insistia que, no passado distante, a missa era uma festividade pagã de cantos e danças que durava sete dias, e que a igreja romana a condensara para menos de uma hora para atrair "os supostos infiéis" para uma religião nova e "sem esforço". Mas, segundo meu tio, a igreja tinha se esquecido e também deixado de fora a parte mais importante – a da dança. "Mas não se preocupe", vociferava meu tio, "nós, da tribo *czibráki*, somos os guardiães dos antigos costumes!" E lá seguia ele dançando ao som da música, segurando numa das mãos uma garrafa verde-escura de vinho caseiro, enquanto com a outra abanava o chapéu preto de aba com sua faixa de cravos vermelhos.

Na nossa família, as recepções de casamento começavam com elegância e grande moderação. Mas, fosse pelo vinho, fosse pela música dos velhos tempos, elas logo pareciam um pandemônio. Depois de tanto comer, beber e dançar, os homens afrouxavam as gravatas, as mulheres amarravam o cabelo no alto, e as solas das meias das crianças ficavam sujas de escorregar pelas tábuas desgastadas do assoalho da pista de dança.

Nessa específica noite de verão, nesse específico casamento, a comida, a bebida e a dança tinham alcançado seu apogeu. O salão estava tomado do cheiro agradável do suor fresco de duzentos cidadãos naturalizados e da sua primeira geração de rebentos americanos.

A algum sinal misterioso, as quatro avós entravam no salão em fila. Elas davam risadinhas e cochichavam entre si. Tinham se enfiado em seus melhores vestidos pretos, que reluziam como a tripa de uma *kolbász*, linguiça, de qualidade. Cada uma apoiava a grande bolsa de plástico preto brilhoso no colo largo. Vistas de trás, cada velha exibia um belo traseiro como dois pães redondos.

Embora as velhas agora já estivessem nos Estados Unidos houvesse algum tempo, elas ainda usavam o cabelo repartido ao meio com um grampo reto. As tranças eram enroladas em volta da cabeça redonda, vigorosa. Elas usavam sapatos pretos idênticos, baixos e pesados, que se esticavam por cima dos joanetes. Sentavam-se com os pés separados como lutadores de sumô. Pareciam quadrigêmeas, cada uma com as mãos vermelhas, as bochechas coradas e pequenos crucifixos de ouro em finas correntes também de ouro em torno dos pescoços grossos, queimados de sol.

Essas mulheres trabalhavam com o ancinho, com a enxada, torciam o pescoço das galinhas. Arrancavam ervas daninhas, reviravam o solo, plantavam com os dedos grossos como cabos de vassoura. Sabiam ordenhar, fazer a parição de animais, tosar carneiros, fiar, tecer, abater porcos. Sua história inteira estava nos antebraços.

A primeira ordem combinada entre elas era criticar todos... quem àquela altura já deveria ter uma namorada, quem precisa de um alfaiate melhor, e não é uma tristeza isso que aconteceu com fulano? "Me dê uma alegria antes que eu morra: trate de se casar", gritam elas para alguns. Para outras, murmuram: "Em que século você está pretendendo me dar um neto?" Entre si, elas decidiam quem precisava comer mais, quem estava sendo destruído por levar uma vida extravagante e para quem ainda havia esperança. Em seguida,

A CIRANDA DAS MULHERES SÁBIAS

elas votavam em quem dançava bem, quem conhecia as antigas danças de cor, quem tinha o passo mais leve para seu peso e idade. Eram magníficas abelhudas.

A banda de seis instrumentos estava vestida como se vivesse dentro de um relógio de cuco. Eles tocaram todas as músicas que conheciam: todas as canções popularizadas por Yankee Yankovic and His Yanks, e todo o repertório de Milos Szegedi e sua real orquestra *á Cigányok*. Cantaram valsas e czardas. Executaram até a última polca conhecida dos dois lados da fronteira.

Velhos dançavam com menininhas, que mal haviam saído das fraldas. Mulheres de braços nus dançavam umas com as outras. Rapazes gritavam e dançavam com as mãos nos ombros uns dos outros; os chapéus pretos caídos em ângulos acafajestados, as camisas brancas escuras nas axilas.

Todos assobiavam e gritavam, batendo com os pés e se pavoneando de um lado para outro no piso coberto de serragem. Cada um tentava bater o pé mais forte que os outros. Era uma competição: quem conseguiria bater mais forte e gritar: "Yahha!", ao mesmo tempo?

Brincos e correntes de relógios refulgiam. Cabelos esvoaçantes, saias girando velozes e o chão inclinado se mesclavam com sapatos de saltos grossos e combinações de renda.

As quatro velhas observavam com os olhos de quem sabe.

Logo, o noivo e seus amigos mais próximos, achando que esse era seu dever, convidaram as velhas para dançar e, com isso, inadvertidamente, selaram o destino do noivo.

"Ah! Não, não!", protestaram as velhas. "Não, não!", repetiram em voz alta. Como eram espertas.

Mas elas deixaram que eles as levantassem de onde estavam. E, para surpresa dos rapazes, as velhas fizeram com que eles e o noivo dessem voltas e mais voltas pela pista de dança, como se elas fossem grandes ursos-pardos, de passos levou, dançando com minúsculos homens camundongos.

Os rapazes bufavam e arquejavam quando por fim devolveram as velhas às suas cadeiras. Mas nada disso, antes que o noivo percebesse o que o atingia, a segunda avó o agarrou e saiu dançando com ele.

Ela o empurrava adiante de si em voltas e mais voltas em torno da pista de dança, como se ele tivesse sido apanhado pelo limpa-trilhos de uma locomotiva giratória. E as outras avós convocaram outros três rapazes e os forçaram a dançar até ficarem tontos.

Quando perceberam que as velhas estavam na pista de dança, os convidados do casamento começaram a bater palmas para acompanhar o ritmo, com gritos de incentivo. Eles começaram a berrar e soltar uivos, mas as vovós conseguiam berrar e uivar mais alto que os duzentos convidados.

O noivo tentou largar a segunda avó, mas a terceira o requisitou. Ela o guiou por toda a pista, como neve fofa empurrada pelo limpa-neve, e então jogou o que restava dele para a quarta avó. Rapazes novos formaram fila para dançar com as vovós. Isso continuou até que as quatro avós estivessem dançando, uma delas sempre nos braços do noivo.

As velhas dançavam primorosamente e com vigor. Elas se afastavam dos parceiros e dançavam com mais ímpeto, levantando as saias para mostrar tornozelos grossos envoltos em ataduras elásticas. Os convidados dançavam com maior arrebatamento, giravam mais rápido, batiam mais forte com os pés, gritavam mais alto, em total abandono.

O segundo grupo de rapazes estava exausto, e três dançarinos novos apareceram e seguraram as vovós pela cintura, mas o noivo não teve permissão para se sentar. Ele precisava continuar a dançar. As avós fizeram com que todos os rapazes dançassem e dançassem sem parar. O assoalho tremia; as vidraças chocalhavam e tremeluziam. Os gritos de alegria e o esforço soltavam os pregos que prendiam as telhas de madeira do telhado.

As velhas senhoras deixaram extenuados os novos rapazes, e mais três vieram substituir os exaustos. Os convidados enlouqueceram de alegria. As mãos ardiam de bater palmas, os pés ardiam de bater no chão, as vozes enrouqueceram, parecendo a voz de um bicho, mas nenhum deles parou.

As fraldas das camisas dos músicos começaram a escorregar para fora das calças. O conjunto inteiro pulava de um lado do palco para outro, dançando loucamente enquanto um homem tocava uma flauta, outros batiam em tambores, tangiam cordas, percutiam o *cimbalóm,* e deslizavam o arco para a frente e para trás no violino. O acordeonista tocava pura loucura no seu enorme instrumento de ébano e madrepérola, com o acabamento do fole em prata. Ele se deixou cair sobre apenas um joelho – a boca aberta, olhos fechados, a cabeça ligeiramente pendente –, afagando as teclas de marfim, pressionando os botões do seu acordeão, num trêmulo êxtase religioso. As velhas derrubaram 24 rapazes, 25, incluindo-se o noivo. Quando a música finalmente cessou aos estertores, as quatro avós voltaram empertigadas como pombas com o papo cheio de ar, para suas cadeiras dobráveis, com largos sorrisos e fazendo que sim umas para as outras. Majestosas, elas se deram "a levantada de sobrancelha". Tiraram do busto volumoso lencinhos de crochê e delicadamente enxugaram uma *leve* transpiração. Os outros participantes da festa, com rios de suor escorrendo pelo rosto e pelo corpo, não paravam de bater palmas.

O noivo, com a boca frouxa, as pernas moles, foi seguindo em zigue-zague até o bar. Os amigos riam enquanto o mantinham em pé segurando-o pelos passadores de cinto. Ele seguia entre eles como um casaco numa vassoura. "Será que passei? Ainda estou vivo?" Sentia vontade de vomitar.

A mais velha das avós consultou as outras idosas. "*Igen* – sim!", concordaram todas, chamando a noiva para perto. A noiva estava linda, como um belo paninho branco de renda enfeitado com pérolas.

"*Angyalum*", disseram-lhe, em confidência, "*adás kis angyalum*, anjinho querido. Esse garanhão, seu noivo? O sexo com ele sempre será bom. Sabemos que é verdade porque nós o testamos para você!" As velhas jogaram a cabeça para trás, mostrando os dentes de ouro, e uivaram em perfeita harmonia, quase caindo das cadeiras. A noiva corou de felicidade, toda cor-de-rosa e dourada.

O conjunto começou, então, uma valsa lenta, e os casais encheram a pista de dança, incluindo o noivo quase morto e a noiva que o amparava. Nos olhos de todos havia aquele ar embaçado de "nunca vou me esquecer desta noite". Pois todos – desde as criancinhas, as mães e os pais, os primos, os tios e as tias-avós, até os avós e mesmo os lobos solitários – especialmente os lobos solitários da família – tinham sido contagiados com o vigor da velhice.

Ninguém que testemunhasse o vigor, a alegria e a esperteza das velhas poderia jamais adoecer só por conta da idade, nem se deixar abater pela ideia de que o envelhecimento era um período de tristeza. Todos souberam que uma vida boa, decente e profunda os aguardava nos anos futuros. Embora eles percebessem que poderia haver tristezas, decepções e talvez invalidez, as velhas que dançavam lhes deram uma vontade de ser velho o suficiente para conquistar aquele tipo de poder, ter idade suficiente para aquele tipo de brincadeira animada, idade suficiente para extrair tanta alegria só de observar, ensinar, testar os jovens, aconselhar os de meia-idade... é, até mesmo de enterrar os mortos que tinham amado tanto a vida inteira... viver tempo suficiente para contar todas as histórias. Que coisa admirável... ter idade suficiente para receber tanto, em troca do tanto que se deu aos outros, todo o amor que alguém um dia poderia querer, só por ser sagaz, franca, esperta, firme e amorosa.

E assim, no final da noite, antes que todos os prometidos em casamento começassem a namorar no beco escuro por trás da granja, antes que os bebês adormecessem nos trajes de festa, parecendo um pouco com confeitos caídos, antes que os homens se tornassem amorosos com o vinho e suas mulheres, antes que a lua começasse a se pôr, as velhas, as avós que dançam, *á nagyhatalmak*, As Grandes Forças, saíram do salão em marcha, satisfeitas por terem mais uma vez cultivado e plantado, restaurando os campos espirituais para ainda mais outra geração.

Exatamente como suas mães antes delas, e como a mãe de suas mães, as velhas eram de uma época à qual um dia nós mesmas chegaremos. Tornar-se idoso não resulta simplesmente em ter vivido muitos anos, mas decorre mais daquilo que nos tornamos ao longo desses anos, daquilo com que estamos nos preenchendo neste momento e até mesmo a partir do modo pelo qual nos formamos antes que chegássemos a envelhecer muito.

É a partir desse legado que surge minha certeza de que nunca é tarde para aprofundar o mapa. Não importa quantos anos tenhamos vivido, podemos começar agora a nos preparar para aquela travessia que nos levará ao poder da velhice e da sabedoria madura. Todos terão a oportunidade de se reacender como uma força instrutiva e interna. Mas nós somente chegaremos lá se encararmos esse ponto como nosso destino, a partir de *agora*.

> Apesar de nossos apegos atuais,
> nossas mágoas, dores,
> choques, realizações, perdas, ganhos, alegrias,
> o local que almejamos é aquela terra psíquica
> habitada pelos velhos,
> aquele lugar onde os humanos ainda são
> tão perigosos quanto divinos,

A CIRANDA DAS MULHERES SÁBIAS

onde os animais ainda dançam,
onde o que é derrubado
cresce de novo,
e onde os ramos
das árvores mais velhas
florescem por mais tempo.
A mulher oculta
que preserva o estopim dourado
conhece esse lugar.
Ela conhece.
E você também.

PRECES DE GRATIDÃO
PELAS VELHAS PERIGOSAS
E SUAS FILHAS SÁBIAS E
INDOMÁVEIS QUE ALEGRAM
A NOSSA VIDA

1

Por todas as idosas do mundo, cada uma e de cada tipo que já tenha sido criado, aquelas que foram levadas com delicadeza pelas ondas, e aquelas que quase naufragaram em quantidades de tempestades e borrascas, aquelas que se agarraram a destroços por tempo suficiente para cobrir metade da distância e, a partir dali, conseguiram avistar a terra firme... Pelas velhas que, em todas as suas diversidades, tristezas e talentos, agora estão tímidas ou determinadas, meio em desalinho ou bem-arrumadas, mas mesmo assim altivas e de quadris largos... Pelas tribos das grandes idosas... com todas as suas penas e peles, todas as suas folhas, couros e saias, todas *las ropas guerreras,* em pleno traje de combate, suas asas, faixas e xales, com seus broches cerimoniais, seus colares e cetros de autoridade, em todo o seu orgulho atlético e terno, em todos os seus bicos e caudas, filós e tules que reluzem e farfalham, em toda a sua sensualidade e seu caminhar vagaroso, em todos os seus comportamentos inesperados e revoltantes, em todas as suas excentricidades e toda a renda e pintura tribal, em todas as cores do seu clã e insígnias de poder, com todo o seu temperamento feroz e bondoso, de olhos brilhantes... por todos os seus costumes generosos e de preservação... por todo o seu supremo cuidado para que a decência, a vida criativa e o carinho pela alma não desapareçam da face da terra... por toda essa abençoada beleza que se encontra nelas...

Por elas...
peçamos em prece que a força
e a cura caiam direto nos ossos
da sua coragem para sempre.

2

Por todas as mulheres mais velhas matreiras que estão aprendendo quando chegou a hora certa de dizer o que precisa ser dito e não se calar – ou calar-se quando o silêncio for mais eloquente que as palavras. Por todas as velhas em formação, que estão aprendendo a ser gentis quando seria tão fácil ser cruel... que conseguem ver que podem cortar quando for necessário, com um corte afiado e limpo... que estão praticando a arte de dizer verdades totais com total compaixão. Por todas as que rejeitam as convenções e preferem apertar as mãos de desconhecidos, cumprimentando-os como se os tivessem criado desde filhotinhos e os tivessem conhecido desde sempre... por todas as que estão aprendendo a chocalhar os ossos, balançar o barco – e a cama –, além de acalmar as tempestades... por aquelas que são as guardiãs do azeite para a lâmpada, que se mantêm em silêncio no culto diário... por aquelas que cumprem os rituais, que se lembram de como fazer fogo a partir da simples pederneira e paina... por aquelas que dizem as antigas orações, que se lembram dos símbolos, das formas, das palavras, das canções, das danças e do que no passado os ritos tinham o objetivo de instaurar... por aquelas que abençoam os outros com facilidade e frequência... por aquelas mais velhas que não têm medo – ou que têm medo – e que agem com eficácia de qualquer modo...

Por elas...
que vivam muito, com força e saúde,
e com um imenso espírito
aberto aos ventos,

3

Pelas avós nas cozinhas, de cujas mãos, corações e mentes vêm muitos tipos de alimento – doces, agridoces, fortes, suaves, picantes –, alimentos que perduram na alma muito depois do primeiro registro do sabor na mente... por todas as desbravadoras, que desafiaram a morte, as corajosas *Omahs* e *Bubbes*, assim como todas as bravas *Nonnas* e *Zias*, que são exemplos vivos do que significa ter ao mesmo tempo um corpo físico e uma alma... por todas as Tradicionais, e pelas *Donnas saggias*, tranquilas como rios e igualmente propiciadoras de vida a quem chega por acaso ou em fuga às suas margens. Por todas as velhas que acalmam e ajudam a curar não importa quem seja que elas toquem, por pior que seja a condição em que encontrem a pessoa... por todas as que, pelo menos uma vez, tenham viajado para muito longe para alcançar os gravemente feridos que outros não veem, ou que se recusam a tocar... pelas que ousam dar abrigo a anjos que chegam sem se fazer anunciar... e pelas que se compadecem de animais abandonados... pelas velhas que aparecem sujas com salpicos de tinta ou adornadas com ideias radicais; ou que simplesmente surgem por um bom motivo quando mais ninguém ousa...

Por elas...
que sempre sejam corajosas;
que suas almas sejam protegidas por muitas outras, pois ao nosso mundo carente elas trazem recursos conquistados a duras penas.

4

Por todas as *tias* perspicazes e todas aquelas que se postam como avós guardiãs para qualquer alma necessitada... por aquelas que acolhem filhas e filhos, de sangue ou não, com a mesma facilidade e compatibilidade com que as flores acolhem as abelhas... pelas *khaleh*, "as queridas",[8] ou seja, qualquer mulher mais velha que seja amada por uma mais jovem... (cinco segundos mais jovem ou mil anos mais velha, não importa). Por todas as idosas que estão tecendo uma vida vigorosa, preenchendo a trama com no mínimo um fio de ousadia, dois fios de impetuosidade e três de sabedoria... por *las ancianas* que, *com veemência*, perdoam, desembaraçam, fazem expansões inspiradas, desvios, recuos e consertos na vida e nos seus relacionamentos... para que almas menos experientes vejam e aprendam a fazer o mesmo, e sem constrangimento. Por todas as mulheres das raízes, as *Litas* de preto, todas as velhinhas das igrejas com suas coroas fabulosas, todas as que usam henna e sáris para cobrir a cabeça na presença dos mais velhos e do sagrado, as que usam a *mantilla* e carregam o rosário, todas as que usam túnicas nos tons do açafrão e do marrom avermelhado, por todas as que usam o darma como seu traje principal para todas as ocasiões... por aquelas que usam o antiquíssimo *hijab* e as que puxam o sagrado *talit* franjado por sobre a cabeça para estar mais uma vez na tenda da antiga Sarai; por aquelas que usam o solidéu feito de contas, e pelas que usam o arco-íris e chuvas de estrelas na cabeça e arrumam o cabelo no formato de flores de abóbora... por todas aquelas em montes sagrados e em cachoeiras, em florestas e em templos feitos de terra e lume, todas aquelas na "igreja por baixo da igreja"...[9] e todas as idosas ainda capazes de visitar a diminuta catedral rubra do coração... por todas essas mulheres das raízes que imploram por paz, amor e compreensão, e que agradecem e louvam com tanto fervor – que flores brancas praticamente se abram acima de sua cabeça quando estão rezando...

A CIRANDA DAS MULHERES SÁBIAS

Por elas...
que continuem sempre a nos ensinar a amar
este mundo e todos os seres que nele estão...das
formas que mais importem
para a Alma.

5

Por todas as inteligentes e corajosas, *Las sympaticas*, as *Gran meres* e Mamãezonas e *Tantes especiales*... por todas as robustas *Bon Mamas* e humildes *Mujeres Grandes* que se casaram com o próprio Amor e deram à luz cinco filhos insubmissos chamados Paz, Esperança, Sagacidade, Interferência e Impetuosidade... por aquelas reverenciadas que derramaram dentro de nós vinte, trinta, quarenta, cinquenta, sessenta, setenta e oitenta anos de vida, que derramaram um rio de conselhos, advertências, que enfiaram no nosso bolso mapas de tesouro dobrados para levarmos ao entrar na selva... pelas que nos desafiaram, nos instigaram, cutucaram e empurraram... as ações exatas para nos fazer crescer na direção dos caminhos exatos para que pudéssemos cultivar mais nossa alma... por seus afagos carinhosos, seus olhares ternos, seus estranhos jeitos de nos incentivar a inovar e ter tanta coragem quanto elas... por seus murmúrios no nosso ouvido: Não tenha medo, estou com você, não desanime, siga em frente, brilhe agora, abaixe-se agora, e não, assim não vai funcionar, e sim, desse jeito, sim, desse jeito... por suas piadas secretas e seu gosto malicioso; por comportamentos revoltantes e qualidades enternecedoras, por estipularem limites, manterem limites, transgredirem limites; e por apagarem limites rígidos demais e ajustarem limites muito frouxos. Por essas grandes velhas, *Les dames*, algumas veneravelmente maduras na idade, algumas velhas no tempo da alma, mas decerto sábias, que atuam como o Norte Verdadeiro para outras – pelo simples fato de existirem...

Por elas...
que sempre sejam mantidas em segurança,
alimentadas por muitas fontes, que sempre
recebam demonstrações de amor e gratidão,
que mantenham sua alma vicejante
a céu aberto para que todos vejam.

6

E pelas filhas queridas... por aquelas que estão aprendendo a ser sãs e sábias de novo – ou sãs e sábias pela primeira vez na vida... E assim, por todas as grandes mulheres mais velhas que percebem que não podem existir sem as jovens com quem meditar, a quem ensinar, de quem aprender, em quem encontrar humor e para quem encontrar potencial, na direção de quem se inclinar, em quem se derramar... e, do mesmo modo, por todas as mais jovens que perceberem que lhes restaria uma vida menos favorável sem a essência de uma velhinha mais sábia e quixotesca, com quem meditar, a quem ensinar, com quem aprender, em quem encontrar humor e para quem encontrar potencial, na direção de quem se inclinar, em quem se derramar. E assim, por todas as filhas jovens, de meia-idade e mais velhas que ainda hão de vir à lareira das avós pela primeira vez, muitas vezes ou pela última vez... por todas as grandes filhas e grandes velhas que manterão aceso o fogo desses relacionamentos sucessivos, por meio de cartas e livros, ensinamentos e reuniões, ditados e chamadas de atenção, viagens com capas e plumas no chapéu, bem como com a simples vizinhança... a todas as belas mulheres, jovens, velhas e no meio do caminho, que se procuram, que trabalham em busca de ser mãe-irmã--filha umas para as outras, que estão se dando conta de que são *El refugio,* um verdadeiro refúgio umas para as outras... por aquelas que percebem que estão juntas para que a menos experiente e a mais experiente possam um dia encontrar seu lar... *o lar:* aquele lugar da alma habitado com maior persistência à medida que a mulher acumula em torno de si seus anos de sabedoria... *o lar:* qualquer lugar onde haja necessidade do Amor, abrigo para o Amor, enaltecimento do Amor...

Por elas...
por todos os corações peregrinos...
que sempre possam se encontrar
e não passar sem se ver,
mas que permaneçam perto umas

das outras e que se fortaleçam,
e com isso fortaleçam os perímetros
e portais do mundo da alma
confiados à sua guarda.

7

Por todas as filhas inteligentes, desconhecedoras, sem rumo e pelas que tudo sabem... pelas filhas que estão avançando direto ou que prosseguem aos trancos... pelas que estão aprendendo a chorar novamente... pelas que estão aprendendo a gargalhar... por todas elas, não importa se estão saudáveis, curadas ou não, não importa de que classe, clã, oceano ou estrela... por todas as filhas que herdaram amor em abundância de antepassadas queridas que já se foram, mas que mesmo assim ainda fazem visitas... por todas as filhas que um dia ouviram por acaso o conselho de uma sábia destinado a outros ouvidos, mas essas "palavras certas na hora certa" causaram uma centelha que iluminou seu mundo daquele momento em diante para sempre... por todas as filhas que ouviram a sabedoria, não a entenderam, mas a guardaram para o dia em que conseguissem compreender... pelas filhas que remam sozinhas e cujas antepassadas escolhidas foram por necessidade encontradas em livros queridos, em imagens norteadoras captadas no cinema, na pintura, na escultura, na música e na dança... pelas filhas que absorvem o bom senso e as atitudes necessárias trazidas por espíritos de sabedoria, ásperos e evanescentes que aparecem em sonhos noturnos... pelas filhas que estão aprendendo a escutar a velha sábia da psique, aquela estranha sensação interior de nítida percepção, de audição, noção e ação intuitivas... pelas filhas que sabem que essa fonte de sabedoria interior é como a panela de mingau dos contos de fadas que, por mágica, nunca se esvazia por mais que se derrame seu conteúdo...

Por elas...
abençoadas sejam suas belezas, tristezas
e buscas; que sempre se lembrem de
que perguntas ficam sem resposta,
até que sejam consultados os dois modos
de enxergar: o linear e o interior.

8

E por todas as filhas e velhas que apoiam o que é bom e afastam a obediência cega a qualquer su- percultura que premie somente a forma nivelada e deprecie o pensamento... por todas as filhas e velhas que estão se tornando escaladoras cada vez mais astutas de montanhas místicas e que por vezes percorrem caminhos acidentados... por aquelas que cada vez mais põem alma no que dizem, e pelos animais, águas, terras e céus... pelas que mantêm caldeirões cada vez mais fundos, que são a lente que amplia a luz do farol, que se erguem como terra firme, onde antes não havia terra... por aquelas que estão inflamadas com o desejo de ensinar e de aprender, pelas que estão apenas descansando para poder se levantar com prazer mais uma vez... por essas flores noturnas cuja fragrância tem um efeito profundo e prolongado, muito embora os botões estejam ocultos... por todas as filhas e velhas que mantêm as mãos não só no berço, mas também na roda do leme do mundo ao seu alcance... por aquelas que abandonaram algo essencial e gerador de vida, e voltaram para recuperá-lo... por aquelas que destruíram algo e pediram perdão com humildade em nome do amor... por aquelas que deixaram algo por fazer, se esqueceram, sem captar sua importância – mas voltaram, reconstruíram, amenizaram, deram "a bênção" na medida da sua capacidade... por todas as filhas e velhas que assumiram o papel de culpadas e deram tudo de si para reparar danos causados por outros... pelas filhas e velhas que sempre se interessam mais em ser amorosas do que em estar com a "razão"...

Por elas...
que se deem conta de como sua vida
é preciosa, de como, apesar de quaisquer
imperfeições, elas são exatamente os baluartes,
as pedras de toque, as notas fundamentais,
os paradigmas necessários.

9

Por todas as filhas e velhas que, não obstante difamações culturais que digam o contrário, não obstante mágoas, decisões equivocadas, fracassos totais... são prova viva de que a alma ainda volta à vida, ainda vive, e de modo vibrante... por todas as filhas e velhas que, apesar de todas as fraquezas, apesar de toda a lenga-lenga do ego que indicaria o oposto, há muito tempo têm certeza, ou acabam de ter um vislumbre, de que nasceram com a sabedoria no corpo e na alma, e que essa sabedoria é tanto sua herança dourada como seu estopim dourado. Por todas as filhas e mais velhas que estão criando as referências que mais importam: prova de que uma mulher é como uma árvore gigantesca que, por sua capacidade de se mover em vez de permanecer imóvel, pode sobreviver às piores tempestades e perigos; e ainda estar de pé depois; ainda descobrir seu jeito de voltar a balançar, ainda continuar a dança. Por todas as filhas que ainda estão em formação, quer tenham acabado de começar, quer já tenham avançado no caminho, para se tornarem "ordinariamente majestosas" e tão sábias, indomáveis e perigosas quanto forem convocadas a ser – o que é muito. Muito. Muito.

Por elas...
por todos nós,
Grande Avó e Grande Avô,
Grande Neto e Grande Neta, da mesma forma...
Que todos nós nos aprofundemos
e vicejemos, que criemos a partir das cinzas,
que protejamos aquelas artes, ideias
e esperanças que não podemos permitir
que desapareçam da face desta Terra.
Por tudo isso, que vivamos muito,
e nos amemos uns aos outros,
jovens enquanto velhas, e velhas
enquanto jovens para todo o sempre.
Amém[10]

"*Quando* uma pessoa *vive de verdade,* todos os outros também vivem."

BIOGRAFIA SECRETA

Quando eu era menina,
Meus sapatos nunca serviam;
Bolhas de um rosa vivo nos calcanhares.
Não me lembro: será que meus sapatos
eram muito apertados
ou eram grandes demais?

Com o chapéu nas mãos, os coitados dos meus pais
perguntavam ao médico: "Tudo certo com ela?"
"Problemas com os pés", dizia o médico.
"O defeito é grave."
E assim meus pais gastavam seu dinheirinho
em sapatos reforçados
para os pés defeituosos.
O médico ameaçava:
"Ela nunca mais pode andar descalça!"

Nos sapatos de chumbo, eu acidentalmente
atingia o lado de dentro dos tornozelos
ao correr ou andar –
os sapatos faziam meus joelhos baterem um no
outro, com os ossos estalando, os tornozelos
sangrando.
Mas sem aqueles sapatos, sem nenhum sapato,
os cachorros e eu corríamos como o vento.

Toda criança tem uma vida secreta
longe dos adultos.
E assim, no verão ou na neve,
não fazia diferença, eu escapulia
para uma das verdes salas do trono
na floresta, e lá eu desatava
os mil cordões dos sapatos de ferro,
fazia força para abrir os canos altos e duros,
e arrancava aqueles sapatos de duzentos quilos
que poderiam atingir e matar uma mula.
E então eu só ficava ali sentada,
uma menininha cantando alto lá-lá-lá
enquanto meus pés balançavam descalços,
a escutar.

A CIRANDA DAS MULHERES SÁBIAS

Forçada de volta
àqueles sapatos, ano após ano,
foi então que comecei a planejar
amputar meus pés
só para ver o médico desmaiar,
só para refletir sua visão brutal
de como deveriam ser pés "sem defeito".
"Não andará direito
pelo resto da vida", disse ele.

"É grave. Muito grave", disse ele.
Uma vez ouvi uma mãe rica
dizer à filha toda arrumadinha
num banheiro público
onde se pagava dez centavos
para usar o sanitário limpo
em vez do sujo:
"Não deixe seus pés se alargarem;
use sapatos o tempo todo,
até quando for dormir...
Não tenha pés comuns",
aconselhou a mãe.
Fiquei cismada... "Mas
o pé comum é tão...
bem, é tão bom ele ser comum, não é mesmo?"

"Não! Ela não tem arco algum", disse o
médico...
"É grave. Muito grave", disse ele.
Aqueles sapatos de ferro... para impedir
meu arco de tocar no chão
"... como uma índia de pés chatos", disse ele.
"Mas meus antepassados", murmurei...
"Eu *sou* uma índia de pés chatos", disse eu.
E mais tarde, já adulta, ao ver
minhas ancestrais
e seus pés de solas gordas,
eu soube que meus pés foram criados
para andar por campos de lavoura,
para cobrir quilômetros na terra batida no
escuro,
para ingerir nutrientes da terra
direto através das solas,
e para andar empertigada, deslizar
e girar na roda de dança.

Mas naquela época, nas chamadas
"boas maneiras do interior",
os pés das mulheres
costumavam ser criados para tornarem-se

A CIRANDA DAS MULHERES SÁBIAS

pequenos sacrifícios humanos,
mantidos pequenos demais,
não sem peias,
mas, de certo modo, sem pés.
Incapazes de correr
morro acima,
morro abaixo ou
... de fugir.
Revela-se...
que era exatamente esse o objetivo.

Mas meus pés fugiram comigo
neles de qualquer modo.
E hoje, nada de sapatos reforçados
para me fazer "andar direito",
pois com eles ou sem eles, não importa,
eu nunca andei direito;
... até mesmo hoje, seguindo pela rua,
eu dou uma guinada,
de repente querendo ver alguma coisa,
me juntar àquela marcha,
recuperar essa noite,
falar com alguma pessoa ou algum bicho,
fazer um desvio até uma flor que cresce
através das pedras,

abaixar para falar com uma criança
sobre a ocupação importantíssima
de caçar coelhos para obter créditos
acadêmicos,
ou só parar e balançar diante de um amado.
Meus pés e pernas pertencem Àquele que
Dança
que também possui meus quadris...
e os sapatos corretivos não
corrigiram nada
que fosse mais necessário para minha Alma.
Todos os ritmos mais importantes,
os jeitos de parar e os passos largos
permanecem "sem conserto".

Agora, acho que os sapatos talvez sejam
uma das minhas formas cruciais de arte.
Espero que por fim seja aceitável
que eu com frequência use
os tipos de sapatos mais descabidos
e às vezes irreverentes
que sejam possíveis. Por favor,
posso ver os pretos
com rosas vermelhas, aqueles
com tiras que se enrolam e se enrolam no
tornozelo, aqueles com laços atrevidos no

A CIRANDA DAS MULHERES SÁBIAS

calcanhar, minhas botas de motociclista com
biqueira de aço ou os mocassins de camurça
que me deixam sentir até uma simples
semente debaixo da sola?
Acho que por fim chegou a hora
– e sem consultar qualquer médico –
em que posso também andar descalça
sempre que possível,
para que eu possa realmente enxergar e ouvir...

*Ser jovem enquanto velha,
velha enquanto jovem.*

*Quando uma pessoa vive de verdade,
todos os outros também vivem.*

NOTAS

1 COMADRE – Em espanhol, esse termo significa algo semelhante a "eu sou sua mãe e ao mesmo tempo você é minha mãe". É uma palavra usada para descrever a relação íntima entre mulheres que cuidam uma da outra, que dão ouvidos e ensinam uma à outra, de uma forma na qual a alma está sempre incluída; às vezes ela é o assunto da conversa, e às vezes é com ela diretamente que se fala.

2 "VELHA PERIGOSA" – Cunhei essa expressão que inclui a palavra *dangerous* [perigosa], escolhida por seu sentido mais arcaico... de uma época em que *dangerous* significava proteger, cuidar, ser protegido, ser cuidado... como na expressão: "*I stand in your danger...*" [Estou nas suas mãos].

[3] *HIEROSGAMOS* – Do grego, matrimônio sagrado entre o humano e o divino, por meio do qual ambos se transformam. Muitos grupos religiosos criaram rituais em torno dessa antiga ideia. Em sua essência, ela significa um casamento de duas forças opostas para que uma terceira possa nascer... uma terceira perspectiva proveniente da assimilação das duas, uma terceira ideia, energia, um terceiro estilo de vida, decorrente da conjunção do antigo e do moderno, do atemporal e do cronológico. Representações da imponente velha sábia e da reluzente mulher mais jovem com sua própria sabedoria vivenciada são opostas na psique feminina. No entanto esse tipo de "oposição" significa essencialmente diferente e complementar, em vez de hostil. Quando a alma é separada do espírito, é provável que ela dê origem, na visão restrita do ego, a distorções que vêm do espírito ferido, seus limites e apetites mal direcionados, seus protecionismos e complexos. Jung postulou que o ego era como uma ilha diminuta no imenso mar da psique. Repetidamente vejo em pacientes que, apesar da utilidade e valor do ego para certas questões, ele não foi criado para ser a figura propulsora dominante da psique; mas que a alma e o espírito são. Daí, os movimentos da grande nau da psique na meia-idade... afastando-se

da vida em que o ego era líder, para a vida da alma/espírito no *hierosgamos*, na liderança.

⁴ GRAND MÈRE – Agrada-me muito que algumas velhas digam acerca dessa denominação de avó que ela pode ser compreendida como o "grande mar aberto", como em mer, mar, mara, mere, ma, mãe... a fonte da vida, o mar.

⁵ ÍRIS – Também usa outro nome: Beroë, na Eneida.

⁶ *NEM VAGYUNK AZ ERDÖBEN* – pronunciado: [Nem vaj--ünk ash] – [er-dô-ben].

⁷ RACIONALISMO APAIXONADO – Já houve quem dissesse que o racionalismo nunca é apaixonado, e que a paixão nunca é racional. A meu ver, isso está errado. Uma vida racional digna de ser vivida é profundamente apaixonada. Uma paixão digna de ser sentida tem meios racionais para se moldar bem e se manifestar na realidade consensual. Trata-se de um processo conjunto, como o das raízes da árvore que fazem crescer a copa; e a copa da árvore que envia mensagens às raízes para que elas cresçam e se expandam também.

CLARISSA PINKOLA ESTÉS

[8] *KHALEH* – ... palavra que me foi ensinada por alunas minhas iranianas há muitos anos, com o significado de uma intimidade familiar especial e carinhosa ou afinidade psíquica com outra alma. É semelhante àquela outra bela palavra que mencionei anteriormente: comadre. Em espanhol, comadre designa amigas íntimas que são alvo de grande estima e que também atuam como mães afetuosas uma da outra. Elas se abrilhantam e se protegem mutuamente, confiam uma na outra, consolam e orientam uma à outra no que diz respeito a tantos aspectos da vida – a vida do coração, a secreta vida interior e a vida dos seus sonhos... Seja em épocas de risadas estridentes, de tristeza atordoante, na crítica ao deslize mais recente, ao presenciar novos lançamentos ao mar aberto, seja na subida mais gulosa mais alta para ver o que puder ser visto... todas as *khalehs* e *las comadres* se empenham para viver sob o abrigo umas das outras. Entre mulheres, esse é um esforço abençoado.

[9] "A IGREJA POR BAIXO DA IGREJA" – Expressão de um poema que escrevi e de um discurso de orientação geral que proferi para 3.500 criaturas intrépidas no norte do Meio-Oeste. A "igreja por baixo da igreja" representa o imenso chuveiro de cente-

lhas original, o cristalino e oculto poço artesiano original, o Ruach primordial, que não é uma simples brisa, mas o turbilhão desencadeado do *inspiratus*, inspiração... a essência do espírito e da alma. "A igreja por baixo da igreja", "o templo por baixo do templo", "o lugar por baixo do lugar" é aquele local aonde a alma vai feliz, sem constrangimentos ou restrições... a alma flui para lá com facilidade, com enorme ânimo e em qualquer condição, para fazer pedidos, para louvar e para agradecer por orientação e amor imaculados.

[10] AMÉM – Que esta última notinha seja uma bênção para encerrar essas notas agora. A palavra Amém provém de uma longa genealogia de línguas antigas e veneráveis, remontando ao latim, voltando mais atrás ao grego e ainda mais atrás ao hebraico... Amém nessas línguas significa proclamar direto da alma sábia e indomável: "É verdade! É verdade!" Assim seja! Assim seja!

Amém! Amém!

AGRADECIMENTOS

Para uma árvore continuar a crescer e florescer, é preciso que haja células diferenciadas que promovam a transição... trata-se de células fortes que se reúnem para proteção em torno do lugar em cada galho onde a madeira mais velha e resistente está em contato com a parte vulnerável que cresce, o lugar onde o broto tenro se encontra logo abaixo da pele nova e, com o devido cuidado, há de vicejar.

As células de transição atuam como ligação crítica entre o que é e o que ainda será. Quando as brácteas mais novas de ramos e flores estiverem estabilizadas, essas células especializadas na transição avançam para os próximos locais nos galhos onde a árvore florescerá mais uma vez.

Por quem ficou por perto desse modo, apesar das ventanias, desbarrancamentos, nevascas precoces e primaveras tardias... por aquelas vigorosas criaturas de transição, cada uma a seu modo intrépido... agradeço a Ned Leavitt, Paul Marsh, Carla Tansi, Anna Pastore, Gensialére Stollios, *y mi familia, los todos de mi alma y mi sangre... especialmente, mi Tiaja y Chicito y Lucia y Nonsela.*

Dra. CLARISSA PINKOLA ESTÉS é intelectual de renome internacional, poetisa premiada e psicanalista junguiana. Foi agraciada com o primeiro prêmio Joseph Campbell de "Keeper of the Lore" [Guardiã das Tradições] e nomeada para a Galeria de Honra das Mulheres do Colorado, em 2006, devido à sua trajetória como ativista e escritora em busca de justiça social. Participa da diretoria do Centro Maya Angelou de Pesquisa de Saúde das Minorias na Escola de Medicina da Wake Forest University e também ensina em universidades como professora visitante emérita.

Mulheres que correm com os lobos foi seu primeiro livro, e desde então tornou-se conhecida por combinar mitos e histórias com análises de arquétipos e comentários psicanalíticos. Da autora, a Rocco também publicou *A ciranda das mulheres sábias, Contos dos irmãos Grimm, Libertem a mulher forte, O dom da história* e *O jardineiro que tinha fé.*

Impressão e Acabamento:
GEOGRÁFICA EDITORA LTDA.